AMOR

Da autora:

A casa dos espíritos
De amor e de sombra
Eva Luna
Contos de Eva Luna
O plano infinito
Paula
Afrodite
Filha da fortuna
Retrato em sépia
Meu país inventado
Zorro
Amor
Inês da minha alma
A soma dos dias
A ilha sob o mar
O caderno de Maya
O jogo de ripper
O amante japonês
Muito além do inverno
Longa pétala de mar
Mulheres de minha alma
Violeta
O vento sabe meu nome

Trilogia *As Aventuras da Águia e do Jaguar*

A cidade das feras
O reino do dragão de ouro
A floresta dos pigmeus

ISABEL
ALLENDE

AMOR

4ª edição

Tradução dos textos introdutórios
Joana Angélica d'Avila Melo

BERTRAND BRASIL

Rio de Janeiro | 2025

Título original: *Amor*

Capa: Adaptação da original, de Marta Borrell/Random House Mondadori, feita por Silvana Mattievich

Ilustrações de capa e de miolo: © Ana Juan

Editoração: FA Studio

Por esta obra se tratar de uma compilação de textos já publicados no Brasil, a editora se reserva o direito de usar os trechos traduzidos de suas publicações. Arrolam-se, a seguir, os nomes dos tradutores e seus respectivos trabalhos: Luísa Ibañez: *Eva Luna*; Rosemary Moraes: *Contos de Eva Luna*, *O plano infinito*; Carlos Martins Pereira: *A casa dos espíritos*; Mario Pontes: *Filha da fortuna*, *Retrato em sépia*; Ernani Ssó: *A ilha sob o mar*, *Inés da minha alma*, *A soma dos dias*; Claudia Schilling: *Afrodite*; Elisa Amorim: *Zorro*.

Texto revisado segundo o
Acordo Ortográfico da Língua Portuguesa de 1990

2025
Impresso no Brasil
Printed in Brazil

Cip-Brasil. Catalogação na fonte
Sindicato Nacional dos Editores de Livros. RJ

A428a Allende, Isabel, 1942-
4ª ed. Amor / Isabel Allende; tradução dos textos introdutórios Joana Angélica d'Avila Melo; [ilustrações Ana Juan] – 4ª ed. – Rio de Janeiro: Bertrand Brasil, 2025.
240 p. : il. ; 21 cm

Tradução de: Amor
ISBN 978-85-286-1710-8

1. Ficção chilena. I. D'Avila Melo, Joana Angélica. II. Título.

CDD: 868.9933
13-1711 CDU: 821.134.2(83)-3

EDITORA BERTRAND BRASIL LTDA.
Rua Argentina, 171 — 3º andar — São Cristóvão
20921-380 — Rio de Janeiro — RJ
Tel.: (021) 2585-2000

Atendimento e venda direta ao leitor:
sac@record.com.br

Sumário

Agradecimentos

Sou grata aos meus editores alemães, Jürgen Dormagen e Corinna Santacruz, os quais tiveram a ideia de compilar as cenas de amor dos meus livros. Minha primeira reação ao saber disso foi de pânico, porque, fora de contexto, essas cenas poderiam parecer piegas, e todas juntas poderiam resultar similares, mas eles me tranquilizaram. Com a valiosa ajuda dos dois, que conhecem meus livros melhor do que eu, passei muitas horas revisando textos que já havia esquecido. Foi muito estimulante.

Introdução

Todos os pecados capitais

Minha vida sexual começou cedo, mais ou menos aos cinco anos, no jardim de infância das irmãs ursulinas, em Santiago do Chile. Suponho que até aquele momento eu havia permanecido no limbo da inocência, mas não tenho lembranças daquela prístina idade relacionadas à minha curiosidade sexual. Minha primeira experiência consistiu em engolir casualmente uma bonequinha de baquelita, daquelas com que se decoravam bolos de aniversário. "Vai crescer dentro da sua barriga, você vai ficar redonda e depois ter um bebê", explicou minha melhor amiga, que acabara de ganhar um irmãozinho. Um filho! Era a última coisa que eu desejava. Seguiram-se dias terríveis, tive febre, perdi o apetite e vomitava escondida no banheiro. Minha amiga confirmou que os sintomas eram iguais aos de sua mãe, antes de dar à luz. Por fim, uma freira me obrigou a confessar a verdade e admiti, em prantos, que estava grávida. Então me vi agarrada por um braço e levada pelos ares até o gabinete da madre superiora, que telefonou à minha casa para avisar que eu tinha sido suspensa por indecência. Dessa maneira trágica nasceram meu horror pelas bonecas e meu interesse por esse assunto misterioso cujo nome não se devia pronunciar: sexo.

As meninas da minha geração carecíamos de instinto sexual, isso foi inventado por Master e Johnson muito depois. Só os garotos padeciam desse mal, que podia levá-los ao inferno e fazer deles uns faunos em potencial durante todas as suas vidas. Quando perguntávamos algo escabroso, recebíamos dois tipos de resposta, segundo a mãe que a sorte nos atribuísse. A explicação tradicional era a cegonha, que trazia os bebês de Paris, e a moderna era sobre flores e abelhas. Minha mãe era moderna, mas a relação entre o pólen e a boneca na minha barriga não ficou muito clara.

Aos sete anos, fui preparada pelas freiras para a primeira comunhão. Antes de receber a hóstia consagrada, era preciso se confessar. Me levaram à igreja, me ajoelhei tremendo em um confessionário sepulcral, separada do sacerdote por uma empoeirada cortina de veludo negro, e procurei recordar minha lista de pecados. Para não cometer a heresia de comungar com alguma falta esquecida, eu colocara em minha lista tudo o que figurava no decálogo de pecados possíveis, desde roubar e matar até cobiçar os bens alheios, mas estava tão assustada que minha voz não saía. O padre esperou um tempo prudente e depois tomou a inciativa. Em meio à escuridão e ao odor de incenso, escutei uma voz com sotaque da Galícia.

— Você tocou seu corpo com as mãos? — perguntou.

— Sim, padre — balbuciei.

— Muitas vezes, minha filha?

— Todos os dias...

— Todos os dias! Essa é uma ofensa gravíssima aos olhos de Deus, a pureza é a maior virtude de uma menina, você deve me prometer que não fará mais isso!

Prometi, embora não conseguisse imaginar como iria lavar o rosto ou escovar os dentes sem tocar meu corpo com as mãos. (Trinta e tantos anos mais tarde, esse episódio traumático me serviu para uma cena de *Eva Luna*. Nada se perde, tudo pode ser reciclado na literatura.)

As chaves da luxúria

Nasci no sul do mundo durante a Segunda Guerra Mundial, em uma família emancipada e intelectual em alguns aspectos, muito poucos, e paleolítica em todos os outros. Fui criada no lar dos meus avós, um casarão extravagante por onde deambulavam os fantasmas invocados por minha avó com sua mesa de patas de leão, um pesado móvel espanhol que, depois de dar várias voltas pelo mundo, acabou em meu poder na Califórnia. Ali viviam dois tios solteiros, bastante excêntricos, como quase todos os membros da minha família. Um deles havia passado vários anos na Índia e voltara transformado em faquir, alimentava-se de cenouras e andava coberto apenas por um tapa-sexo, recitando os múltiplos nomes de Deus em sânscrito. O outro era um personagem apaixonado pela leitura, esquivo e generoso, parecido em aspecto com Carlos Gardel, o rouxinol do tango. (Ambos serviram de modelos — meio exagerados, admito — para Jaime e Nicolás Trueba em *A casa dos espíritos*.) Graças ao tio amante da leitura, a casa era cheia de livros que se amontoavam por todo canto, cresciam como uma flora indomável e se reproduziam no segredo da noite. Ninguém censurava ou guiava minhas leituras; de modo que li o Marquês de Sade aos nove anos, mas seus textos eram avançados demais para a minha idade, já que o autor dava por sabidas certas coisas que eu ignorava por completo, me faltavam referências elementares. O único homem que eu tinha visto nu era meu tio, o faquir, sentado no pátio na posição de lótus e contemplando a lua, e me senti defraudada por aquele pequeno apêndice que descansava entre suas pernas e caberia folgadamente no meu estojo de lápis de cores. Tanto alvoroço só por aquilo?

Aos onze anos, eu vivia na Bolívia, porque minha mãe tinha se casado com um diplomata, homem de ideias avançadas, que me colocou num colégio misto. Demorei vários meses para me acostumar a conviver com meninos, andava eternamente com as orelhas vermelhas e o coração aos saltos, a cada dia me apaixonava por um garoto diferente. Meus coleguinhas eram uns selvagens cujas atividades se limitavam ao futebol e às brigas no recreio, enquanto nós meninas estávamos na etapa de medir nosso busto e anotar numa caderneta os beijos que trocávamos, especificando os detalhes: com quem, onde, como. Algumas sortudas podiam escrever: Felipe, no banheiro, de língua. Minha caderneta estava em branco. Eu fingia que essas bobagens não me interessavam, me vestia de homem e subia nas árvores para dissimular que era quase anã e tinha o *sex appeal* de um frango depenado.

Na aula de biologia nos ensinavam um pouco de anatomia, mas conhecíamos melhor o sistema reprodutivo da mosca do que o nosso. Eram tantos os eufemismos para descrever o processo de gestação de um neném que era impossível visualizá-lo; a coisa mais atrevida que nos mostraram foi a ilustração estilizada de uma mãe amamentando um recém-nascido. De resto, ignorávamos totalmente e nunca nos mencionaram o prazer, de modo que o miolo do assunto nos escapava. Por que os adultos faziam aquela sem-vergonhice? A ereção era um segredo bem-guardado pelos garotos, tal como a menstruação o era pelas garotas. Eu era boa leitora e às vezes encontrava alguma referência oblíqua nos livros, mas nessa época já não contava com a vasta biblioteca do meu tio, e nas casas decentes não havia literatura erótica.

Nessa escola mista da Bolívia, as relações com os garotos consistiam em empurrões, tapas e recados trazidos pelas amigas: o Keenan mandou dizer que quer lhe dar um beijo; diga a ele que sim, mas com os olhos fechados; ele disse que agora não quer mais; pois então diga que ele é um babaca; ele diz que mais babaca é você; e assim passávamos todo o ano letivo. A intimidade máxima consistia em mascar alternadamente o mesmo chiclete. Uma vez pude lutar corpo a corpo com o famoso Keenan, um ruivo de grandes orelhas que todas as meninas amávamos em segredo, porque seu pai era rico e eles tinham piscina. Me fez sangrar pelo nariz, mas aquele pirralho sardento e ofegante me esmagando contra as pedras do pátio é uma das lembranças mais excitantes da minha vida. Em outra ocasião, numa festa, Keenan me tirou para dançar. Em La Paz, não havia chegado o impacto do rock, que começava a sacudir o mundo, e Nat King Cole e Bing Crosby ainda nos acalentavam. (Meu Deus! Era a pré-história!) As pessoas dançavam abraçadas, às vezes com as faces grudadas, mas eu era tão diminuta que a minha mal alcançava a fivela do cinto de qualquer garoto normal. Por sorte, Keenan era baixo para a idade. Me apertou um pouco e senti algo duro na altura do bolso de sua calça e das minhas costelas. Dei-lhe uns golpezinhos com as pontas dos dedos e pedi que tirasse as chaves, porque estavam me machucando. Ele saiu correndo e não voltou à festa. Agora, que conheço melhor a natureza masculina, a única explicação que me ocorre para seu comportamento é que talvez não fossem as chaves. Pobre menino.

Em 1956, minha família se mudou para o Líbano, seguindo os passos do meu padrasto diplomata, e eu voltei a frequentar um colégio de meninas, desta vez uma escola inglesa onde o sexo simplesmente não existia, havia sido suprimido do universo pela caretice britânica e pelo zelo cristão das minhas professoras.

Beirute era a pérola do Oriente Próximo; ali se depositavam as fortunas dos xeques árabes nas sucursais dos bancos mais importantes do mundo. Os grandes costureiros e joalheiros da Europa tinham suas lojas nessa cidade de contrastes, onde se podia ver nas ruas um Cadillac com frisos de ouro ao lado de camelos e mulas. Muitas mulheres já não usavam véu e algumas estudantes da Universidade Americana vestiam calça comprida, mas ainda existia aquela firme linha fronteiriça que durante milênios separou os sexos. A sensualidade impregnava o ar como o odor de manteiga de cordeiro, era palpável como o calor do meio-dia e persistente como o canto do muezim convocando à oração, lá do alto do minarete. O desejo, a luxúria, o proibido... Nós meninas não saíamos sozinhas para lugar nenhum, e os meninos também deviam tomar cuidado. Meu padrasto entregou aos meus irmãos uns compridos alfinetes de chapéu para que se defendessem de beliscões na praia e, às vezes, na rua.

No recreio do meu casto colégio, passavam de mão em mão fotonovelas picantes, editadas na Índia com tradução para o francês, uma versão muito manuseada de *O amante de lady Chatterley* e livros de bolso sobre os excessos de Calígula. O único detalhe que recordo dessas orgias é que os comensais limpavam os dedos engordurados nos cabelos dos escravos africanos e cutucavam a garganta com penas de ganso para vomitar e poder continuar comendo, como nos filmes de Fellini.

Meu padrasto tinha *As mil e uma noites* sob chave em seu armário, porque não era literatura adequada para menores, mas eu havia descoberto a maneira de abrir o móvel e lia às escondidas trechos dispersos daqueles magníficos livros de couro vermelho com cantoneiras de ouro, buscando depressa as cenas eróticas. Imergi no mundo sem retorno da fantasia e da sensualidade, guiada por huris de pele de leite, gênios em garrafas e ladrões travessos dotados de um inesgotável entusiasmo por fazer amor. Creio que essas leituras clandestinas me marcaram para sempre, e sua influência é evidente nos meus livros, sobretudo nas cenas de amor. Meus hormônios explodiram como granadas, e tudo ao meu redor convidava ao prazer dos sentidos, mas eu vivia confinada e, afora aqueles livros proibidos, não tinha válvulas de escape para o desejo. Sonhava com o amor e contava com um único admirador, o filho de um comerciante de tapetes, que me visitava para tomar refrescos no terraço. Era tão rico que tinha quadriciclo com motorista. Entre a vigilância da minha mãe e a desse motorista, nunca tivemos oportunidade de ficar sozinhos.

Nessa época, eu era achatada como uma tábua. Hoje em dia isso não tem importância, porque existe o silicone, mas naquele tempo era uma grande desgraça; os seios eram considerados a essência da feminilidade, e os meus eram quase invisíveis. A moda se encarregava de ressaltá-los com suéteres justinhos, cinto largo de elástico e saia inflada com anáguas engomadas. Uma mulher peituda tinha seu futuro assegurado, como Jayne Mansfield, Gina Lollobrigida e Sofia Loren. Em alguns filmes, os seios pareciam cones pontudos e, em outros, melões maduros, dependendo do sutiã que a atriz usasse, mas sempre eram enormes. O que podia fazer uma garota com peitos do tamanho de ameixas? Usar enchimento: duas meias esferas de espuma de borracha que à menor pressão afundavam sem que a gente percebesse, tornando-se subitamente côncavas, até que de repente se escutava um terrível plop-plop e as espumas voltavam à sua forma original, paralisando de estupor o pretendente que estivesse próximo e afundando a usuária em atroz humilhação. Às vezes, os enchimentos de borracha se deslocavam e podiam ficar um sobre o esterno e o outro embaixo do braço, ou ambos flutuando na piscina atrás da nadadora, como patinhos perdidos.

Em 1958, o Líbano estava ameaçado pela violência, que mais tarde se transformaria numa longa guerra civil. Depois da crise do Canal de Suez, agudizaram-se as rivalidades entre os setores muçulmanos, inspirados pela política pan-arabista de Gamal Abdel Nasser, e o governo. O presidente Camille Chamoun, cristão maronita, pediu ajuda a Eisenhower e em julho apareceu a VI Frota Americana. Os porta-aviões cuspiram hordas de marines bem-nutridos e ávidos por sexo. Os pais dobraram a vigilância às suas filhas, mas era impossível evitar que os jovens se encontrassem. Fugi do colégio para dançar com os ianques e pude experimentar a embriaguez do rock'n'roll e do proibido. Pela primeira vez, meu escasso tamanho resultava vantajoso, porque com uma só mão os fornidos marines podiam me lançar no ar, me fazer dar duas voltinhas acima de suas cabeças raspadas e me arrastar pelo chão ao ritmo da guitarra frenética de Elvis Presley. Entre dois saltos mortais, recebi o primeiro beijo da minha carreira, e seu sabor de cerveja e goma de mascar me durou dois anos.

O sutiã num cabo de vassoura

Os distúrbios no Líbano obrigaram meu padrasto a me enviar, junto com meus irmãos, de volta ao Chile. De novo recebi acolhida na casa do meu avô, cuja severidade não me afetou, porque eu estava acostumada ao cativeiro do Líbano. Naquele ambiente de gente velha, minhas possibilidades de experimentar o amor eram mínimas, mas aos quinze anos, quando eu já planejava me tornar freira para dissimular que ficaria solteirona, um rapaz me distinguiu ali embaixo, sobre o desenho do tapete, e me sorriu. Talvez meu aspecto o divertisse. Me pendurei em sua cintura e não o soltei até cinco anos mais tarde, quando por fim ele aceitou se casar comigo. Chamava-se Miguel.

Hoje a virgindade é um estorvo, mas antigamente era considerada uma virtude. Supunha-se que o sexo era uma compulsão masculina e o romance, uma obsessão feminina; o homem tentava que ela lhe desse a "prova de amor", como se dizia, e a mulher resistia, porque não devia colaborar para a própria sedução. A ideia era chegar pura ao casamento, não tanto por moralismo quanto por prudência, já que, uma vez concedida a "prova", ela passava à categoria de devassa e o pretendente virava fumaça e ainda contava aos amigos. Além disso, existia o risco de ficar prenha, horrível destino para uma solteira, pior até do que a morte. Já fora inventada a pílula anticoncepcional, mas no Chile ela era mencionada em cochichos e ninguém a tinha visto. Apesar dos riscos, duvido que muitas moças tenham chegado virgens ao casamento. Creio que eu não o era, mas não posso garantir, porque minha ignorância sobre esses assuntos era tão abismal quanto a do meu noivo. Não sei exatamente como tivemos dois filhos. E então ocorreu o que todos esperávamos fazia vários anos: a onda de liberação sexual dos anos 1960 percorreu a América do Sul e finalmente chegou àquele rincão do sul do continente onde eu vivia. Arte pop, minissaia, droga, sexo, biquíni e os Beatles. No princípio, imitávamos Raquel Welch, com suas pernas bronzeadas e as blusinhas ínfimas a ponto de rebentar sob a pressão de sua feminilidade, mas bem depressa apareceram os hippies, com uma estética muito diferente. Foi um revés inesperado: as exuberantes divas do cinema passaram a segundo plano, e se impôs a modelo inglesa Twiggy, uma espécie de hermafrodita famélica com maquiagem de palhaço. Já então meus seios tinham crescido, efeito secundário da maternidade, de modo que novamente me vi no lado oposto da moda.

Falava-se de orgias, troca de casais, pornografia, mas eu não tive a boa sorte de participar de nada disso. Alguns homossexuais saíram da escuridão; no entanto, eu completei vinte e oito anos sem imaginar como eles faziam aquilo. Também nos chegou o movimento feminista, que deu nome e estrutura à ira contra o patriarcado que eu vinha sentindo desde a infância. Três ou quatro mulheres tiramos o sutiã e, depois de espetá-lo num cabo de vassoura, desfilamos pelas ruas de Santiago, mas, como ninguém nos seguiu e nem sequer saímos nos jornais, voltamos desenxabidas para nossas casas.

Meu estilo de então era hippie, porque saía barato. Durante vários anos, andei vestida com farrapos e bugigangas da Índia, e dirigia um Citroën pintado de flores, mas combinava três empregos, administrava minha casa, criava meus filhos e tinha um senso germânico de responsabilidade. De hippie, tinha somente a saia e as sandálias. A norma de então era "paz e amor", sobretudo amor livre, que para mim chegava tarde, porque eu estava irremissivelmente casada com Miguel. Algumas das minhas amigas casadas tinham amantes e outras contavam sobre festas nas quais os homens colocavam seus chaveiros numa cesta e depois as mulheres, de olhos vendados, pegavam um, dispostas a passar o resto da noite com o proprietário.

Muito divertido, mas não era para mim; eu defendia o conceito de fidelidade. Tentei fumar maconha com a ideia de relaxar um pouco a moral, porque não podia ficar para trás, todo mundo no Chile a plantava em seus jardins ou em suas banheiras, mas depois de seis tragadas sem consequências apreciáveis decidi que também não era para mim. Eu me drogava com café e chocolate.

Infidelidade

Minha primeira reportagem na revista feminina na qual eu trabalhava provocou um escândalo. Tudo começou assim: durante um jantar na casa de um político famoso, alguém me felicitou por uns artigos de humor que eu publicara e me perguntou se eu pretendia escrever algo a sério. Respondi a primeira coisa que me passou pela cabeça: sim, gostaria de entrevistar uma mulher infiel. Houve um silêncio gélido na mesa e a conversa mudou de rumo, mas, na hora do café, a dona da casa — alta funcionária do governo, trinta e oito anos, magra, vestida de Chanel — me puxou de lado e disse que, se eu jurasse guardar o segredo de sua identidade, aceitaria ser entrevistada. No dia seguinte, me apresentei em seu escritório com um gravador e ela me contou que tinha vários amantes, porque dispunha de tempo livre depois do almoço, porque lhe fazia bem para o ânimo, a autoestima e a pele, e porque os homens não eram nada desprezíveis. Ou seja, as mesmas razões de tantos maridos infiéis, inclusive o dela. Essa senhora mantinha uma discreta *garçonnière*, compartilhada com duas amigas igualmente liberadas, e amavelmente me ofereceu o local, mas nunca tive oportunidade de usá-lo. A conclusão da minha reportagem, depois de um simples cálculo matemático, foi que as mulheres são tão infiéis quanto os homens; do contrário, com quem eles transam? Não pode ser só entre eles, ou todos com o mesmo punhado de voluntárias.

No Chile de então, os homens exigiam o que não estavam dispostos a oferecer, isto é, que suas namoradas fossem castas e suas esposas fossem fiéis. Ainda o exigem, mas agora ninguém lhes dá bola. Na minha juventude, quase todos os casais da minha idade estavam em crise e a maioria acabou se separando. No Chile, não existiu divórcio até 2004, foi o último país do mundo a obtê-lo, o que facilitava as coisas, porque as pessoas se separavam e se juntavam sem trâmites burocráticos. O exemplo mais espetacular que eu conheço é o da minha mãe, que viveu sessenta e cinco anos com meu padrasto sem poder se casar — concubinato escandaloso, segundo a Igreja Católica — e finalmente, quando ele enviuvou, esse par nonagenário pôde legalizar sua união. Hoje, mais da metade das crianças chilenas nasce fora do matrimônio. Casar-se sai caro e divorciar-se é complicado.

Naquela sociedade católica, conservadora e carola dos anos 1960, ninguém me perdoou o tom descontraído da reportagem com a esposa infiel, embora, como eu já disse, essa fosse uma prática bastante comum, até mesmo entre minhas amizades. Se a entrevistada tivesse um marido em cadeira de rodas e amasse outro homem, seguramente contaria com a simpatia geral, mas que fizesse aquilo por gosto e sem culpa era inaceitável. Chegaram à revista centenas de cartas indignadas, incluindo um protesto formal do arcebispo de Santiago. Assustada, a diretora me mandou escrever uma matéria sobre uma esposa fiel, para apaziguar o clamor público, mas não encontrei nenhuma que tivesse algo interessante para contar.

Tempos confusos para minha geração. Líamos o *Relatório Kinsey*, o *Kama Sutra* e os livros das feministas norte-americanas e europeias, mas vivíamos num ambiente de melindres, era difícil escapar àquela moralzinha hipócrita que nos aprisionava. Minha vida tinha matizes de esquizofrenia: em casa, eu agia como uma gueixa, mas em público posava de feminista desatada. Por um lado esperava meu marido com a azeitona de seu martíni entre os dentes e, por outro, aproveitava a menor oportunidade que o trabalho de jornalista me oferecesse para desafiar a *caretice chilensis*. Por exemplo, uma vez apareci na televisão fantasiada de corista, quase nua, com plumas de avestruz no traseiro e uma esmeralda de vidro grudada no umbigo. Miguel encarou aquilo com humor, mas meus sogros não me dirigiram a palavra durante quatro meses. Infelizmente, salvou-se um vídeo desse programa e de vez em quando aparece por aí, com o risco de que meus netos o vejam. Aquelas loucuras me deram má fama e provocaram fofocas, as pessoas diziam que eu era "despreconceituosa", insulto grave naquela sociedade orgulhosa de seus preconceitos, mas na realidade eu ainda era uma esposa fiel e minha vida era um livro aberto que qualquer um poderia examinar.

Um flautista e outros deslizes

O golpe militar de 1973 no Chile pôs fim a uma longa tradição democrática, e em 1975 eu emigrei com minha família, porque não podíamos nem queríamos viver sob a ditadura do general Pinochet. O apogeu da liberação sexual nos surpreendeu na Venezuela, país aberto e cálido, muito diferente do meu, e onde a sensualidade se expressa sem subterfúgios nem eufemismos. As praias eram povoadas de machos bigodudos com umas sungas mínimas, desenhadas para ressaltar o que continham. As mulheres mais bonitas do mundo, que ganhavam todos os concursos internacionais de beleza, passeavam provocantes ao som da música secreta de seus quadris. Ali me liberei finalmente, comecei a prestar atenção ao meu corpo e descobri que sou uma criatura sensual. Tinha trinta e três anos.

Não é o caso de me deter nos detalhes dessa liberação, porque não há nada de extraordinário para contar. Basta dizer que aprendi algo que iria me servir para o resto da vida e para a literatura: o sexo sem conexão emocional, por mais acrobático que seja, me entedia; eu preciso de humor, conversa, simpatia, algo a compartilhar para além dos lençóis. Uma vez li por aí que a diferença entre erotismo e pornografia é que no primeiro se usa uma pena e no segundo a galinha, mas para mim a diferença é que a pornografia é copulação mecânica e o erotismo contém sentimentos e uma história.

É fato comprovado que, no exílio, a maior parte dos casais se separa, porque já não contam com o arcabouço da família e da sociedade, que os sustentava em sua terra; foi o que nos aconteceu, a Miguel e a mim. Ele trabalhava numa província remota da Venezuela e eu fiquei em Caracas com as crianças. Bem cedo nossos caminhos começaram a divergir; uns dois anos mais tarde apareceu à minha frente um flautista argentino, que ia para a Espanha, fugindo de outra ditadura, e abandonei tudo para segui-lo, como os ratos de Hamelin. Durante um mês vivi uma paixão de romance em Madri, que terminou num banho de lágrimas quando compreendi que fora da cama éramos incompatíveis, tal como minha mãe havia prognosticado com suas cartas de tarô. Retornei ao meu marido e aos meus filhos, decidida a esquecer o trovador, corrigir meus erros, trabalhar, poupar, trocar minhas saias ciganas por roupa séria e fazer a felicidade de Miguel, que me recebeu de volta com o coração aberto. Quase consegui. Durante os nove anos seguintes, ambos tentamos salvar nossa relação, mas era um cristal partido, muito difícil de consertar.

Na primeira metade da década de 1980, não se podia ver nenhum filme, exceto os de Walt Disney, sem que aparecessem criaturas copulando. Até nos documentários científicos havia mosquitos ou pinguins que o faziam. A moral tinha mudado tanto que fui com minha mãe ver um filme japonês, *O império dos sentidos*, em que um casal morre por fornicação, e minha velha o achou poético. Meu padrasto emprestava *As mil e uma noites* aos netos, porque o livro era de uma ingenuidade comovente em comparação com as revistas vendidas nas bancas. Era preciso estudar muito para responder às perguntas dos filhos — "mamãe, o que é bestialismo?" — e fingir naturalidade quando os pequeninos inflavam preservativos e os penduravam nas festas de aniversário, como balões de soprar.

Arrumando o quarto do meu filho adolescente, Nicolás, encontrei um livro encapado com papel marrom e, sem ser uma especialista, adivinhei o conteúdo antes de abri-lo. Era um daqueles manuais de sexo que no colégio são trocados por figurinhas de jogadores de futebol. Ao ver as ilustrações de amantes nus, friccionando-se mutuamente com musse de salmão, compreendi o quanto estava atrasada. Tantos anos cozinhando sem conhecer os múltiplos usos do salmão! Em que limbo eu estivera durante esse tempo? Nem sequer contava com um espelho ou um trapézio no teto do quarto. Miguel e eu decidimos nos atualizar, mas, ao cabo de algumas contorções muito perigosas, como comprovamos mais tarde nas radiografias de coluna, amanhecemos passando linimento nas articulações um do outro, em vez de musse no ponto G.

Quando minha filha Paula terminou o colégio e foi estudar psicologia com especialização em sexualidade humana, adverti-a de que era uma imprudência, porque sua vocação não seria bem-compreendida; não estávamos na Suécia, e sim na América Latina, mas ela insistiu. Paula tinha um namorado siciliano, e os dois planejavam se casar e gerar meia dúzia de filhos, assim que ela aprendesse a cozinhar massa. Fisicamente, minha filha enganava qualquer um, parecia uma virgem de Murillo: graciosa, doce, cabelos compridos e olhos lânguidos, ninguém podia imaginar que fosse especialista em orgasmos. Nessa época, fiz uma viagem à Holanda, e Paula me encomendou certos materiais de estudo de que necessitava para suas aulas. Coube-me ir, com a lista na mão, a uma loja de Amsterdã e adquirir vídeos e livros explícitos, umas bananas de borracha cor-de-rosa ativadas por pilhas e preservativos com a cabeça do Mickey Mouse. Isso não foi o mais constrangedor. Pior foi quando, na alfândega de Caracas, abriram minha bagagem e eu tive de explicar que nada daquilo era para mim, mas para a minha filha. Paula circulava por todo canto com uma maleta de brinquedos eróticos e, tal como eu havia profetizado, o jovem siciliano perdeu a paciência e declarou que não estava disposto a suportar que sua noiva andasse medindo o pênis de homens que nem sequer eram membros da família. Obrigada a escolher entre se casar ou se formar, Paula preferiu a segunda opção, e o noivo se perdeu de vista no horizonte. Enquanto duraram os cursos sobre sexualidade da minha filha, em casa assistíamos a filmes com todas as combinações possíveis: mulher com cachorro, paraplégico com gorda, chinesa com time de futebol etc. Vinham tomar chá transexuais, pederastas, necrófilos, onanistas e, enquanto a virgem de Murillo oferecia docinhos, eu aprendia como os cirurgiões transformam uma mulher em homem mediante um pedaço de tripa.

Um casal de velhos pícaros

Em 1987, eu tinha quarenta e cinco anos, havia publicado três romances e meus filhos já não precisavam de mim. Então, meu casamento terminou oficialmente. Nicolás havia tirado as mechas verdes dos cabelos e as catorze argolas das orelhas e estava na universidade; Paula havia substituído a sexologia, que se mostrou pouco rentável, por um mestrado em educação cognoscitiva e aprendera a cozinhar massa com a intenção de arrumar outro namorado. Nesse ano o encontrou, logo se casaram e conseguiram ser felizes por um tempo breve, até que veio a morte e a levou. Mas esta é outra história.

Meu divórcio de Miguel se deu em Caracas, com os bons modos que caracterizaram nossa relação de quase três décadas, e permanecemos amigos, porque, embora o enamoramento tivesse se dissipado, o carinho continuava intacto. Ao cabo de um mês, Miguel conheceu Marta, a mulher ideal para ele, e os dois retornaram ao Chile, enquanto eu me vi sem par pela primeira vez na vida. Livre de amarrações, me dispus a viver bons momentos, com a esperança de que, na minha idade, ainda pudesse seduzir alguns varões distraídos. Minha liberdade durou exatamente quatro meses e vinte dias. Andava apresentando livros pelo norte da Califórnia quando conheci Willie, um advogado norte-americano que havia lido meu segundo romance, *De amor e de sombra*, e fora cativado pela cena de amor entre Irene e Francisco. “Esta autora entende o amor como eu”, comentou com uma amiga e por isso foi me conhecer na livraria onde eu iria falar.

Se lhe perguntarem, Willie dirá que esse foi o encontro de duas almas que já haviam se amado em outras vidas, mas para mim foi um golpe de luxúria. Aquele homem me pareceu muito exótico: branco como farinha, com olhos azuis de irlandês e falando espanhol como um bandido mexicano. Como já contei mil vezes esse episódio da minha vida, vou resumir. Digamos que me introduzi na vida dele sem convite e desde então estamos juntos. Após duas semanas, comprovei que, além da luxúria inicial, eu estava apaixonada. É fácil se apaixonar pelo Willie, embora ele seja a antítese do amante latino clássico: não me sussurra lisonjas no ouvido, não dança agarradinho e me trata como a uma cupincha. Mas, isso sim, tem a virtude de ser monógamo e, dadas as condições adequadas, eu também posso ser.

Em matéria sexual, as tendências mudam depressa; por isso, na década de 1990, decidi me preparar para quando nascessem meus netos, assim eles poderiam se vangloriar de ter uma avó moderna. Então me dispus a seguir um curso de sexo tântrico, a conseguir uma boneca com orifícios praticáveis e a treinar o cachorro para fotos indecentes, mas veio a aids e retrocedemos aos sombrios tempos anteriores à pílula anticoncepcional. Quando, por fim, chegaram os netos, comprei-lhes ursinhos de pelúcia e recapitulei meus conhecimentos de flores e abelhas. A humanidade passou anos paralisada de terror ante essa epidemia que parecia castigo divino, até que descobriram drogas para controlá-la e foi possível voltar a cultivar a promiscuidade, embora com cautela. Enquanto isso, com o presidente Bill Clinton aprendemos que o sexo oral não é sexo se for praticado na Casa Branca, e a Igreja Católica nos convenceu de que a pedofilia não é pecado se for praticada por um padre. A internet pôs ao alcance de todo mundo o que antes era muito secreto, e agora qualquer um pode experimentar virtualmente numa tela até mesmo a perversão mais rebuscada. Isso tampouco é sexo ou pecado. Não consigo me manter em dia com os avanços em matéria sexual e, por mais que estude, meus netos sabem mais do que eu. Nada os surpreende.

Ao longo dos muitos anos em que venho escrevendo, explorei vários gêneros: ficção, narrativas curtas, memórias, ensaios, romances históricos e juvenis, até receitas de cozinha, e em quase todos os meus livros há cenas de amor, menos nos juvenis, porque os editores se opõem, mas não escrevi um livro erótico. Talvez o faça depois que minha mãe morrer, para não lhe dar um aborrecimento, embora esse desafio me assuste um pouco. Está acontecendo com a sexualidade o mesmo que com a violência: exagera-se cada vez mais para interessar um público que já está saciado. Não resta nada de novo para oferecer, mas sempre é possível intensificar os efeitos especiais.

Willie e eu sobrevivemos a muitos contratempos e algumas tragédias. Um célebre compositor alemão nos disse uma vez que viveu várias vidas com a mesma mulher. Explicou-nos que estavam juntos havia quatro décadas e tinham mudado muito desde que se conheceram. Sete vezes estiveram a ponto de se separar, porque sua relação fraquejava e não reconheciam no cônjuge a pessoa por quem tinham se apaixonado na adolescência, mas em cada ocasião decidiram fazer os ajustes necessários, nutrir o amor e renovar os votos. "Tivemos de transpor sete umbrais", disse-nos ele. Neste momento das nossas vidas, Willie e eu estamos num desses umbrais, o da maturidade, quando quase tudo se deteriora: o corpo, a capacidade mental, a energia e a sexualidade. Que diabo nos aconteceu? Isso não nos ocorreu paulatinamente, nos veio em cima de repente, como um tsunami. Certa manhã nos vimos despidos no espelho grande do banheiro e ambos nos sobressaltamos. Quem eram aqueles velhinhos intrusos em nosso banheiro?

Nesta cultura, que supervaloriza a juventude e a beleza, são necessários muito amor e alguns truques de ilusionista para manter vivo o desejo pela pessoa que antes nos excitava e agora está achacosa e gasta. Em minha idade respeitável, na qual me dão desconto no cinema e no ônibus, tenho o mesmo interesse de sempre pelo erotismo. Minha mãe, que completou noventa, diz que isso nunca acaba, mas é melhor não espalhar, porque o resultado é chocante; supõe-se que os velhos são assexuados, como as amebas. Imagino que se estivesse sozinha não pensaria muito nisso, como é o caso de muitas das minhas amigas, mas, já que conto com Willie, pretendo envelhecer saborosamente. Por dentro Willie não mudou, continua sendo o mesmo homem forte e bom por quem me apaixonei, por isso estou empenhada em manter acesa a paixão, embora já não seja o fogo de uma tocha, mas a chama discreta de um fósforo. Outros casais da nossa idade exaltam os méritos da ternura e do companheirismo, que substituem o alvoroço da paixão, mas já avisei a Willie que não pretendo substituir a sensualidade por aquilo que já tenho com a minha cachorrinha. Ainda não...

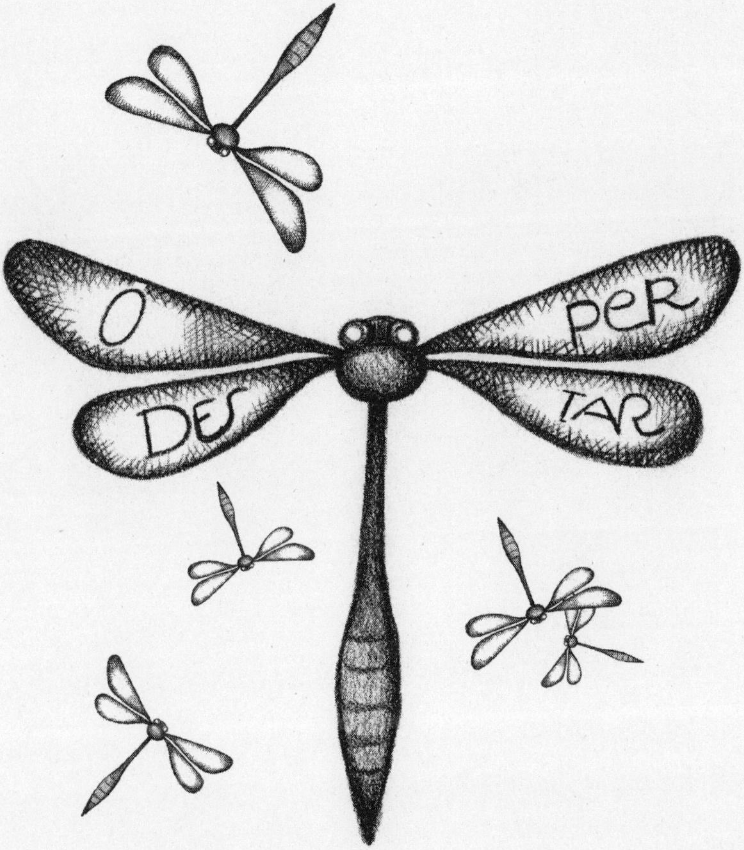
O
PER
DES
TAR

O despertar

Que lástima que o ardor alvoroçado se transforme em amor acalmado! A mim o que agrada é o alvoroço.

(De *Vida e espírito*)

Despertei para o mistério da sexualidade aos oito anos com um episódio que contei na minha primeira memória, Paula. Essa aventura de infância poderia ter levado a um estupro, embora não tenha chegado a sê-lo, e terminou com um crime que seguramente não era relacionado com o ocorrido, mas em minha alma os dois fatos estarão sempre ligados. Causa e efeito, pecado e castigo. Os fatos se confundem na minha memória, não sei em que ordem sucederam nem o quanto há de certo e o quanto eu inventei, a única coisa que recordo bem é a emoção: uma mistura explosiva de curiosidade, prazer, medo e culpa que não voltei a sentir com a mesma intensidade. Minha experiência foi simples e pode ser contada em poucas frases: um pescador me encontrou na praia, me deu para comer um ouriço-do-mar e em seguida me levou ao bosque, onde me acariciou; pouco depois foi morto em uma briga. Sessenta anos mais tarde, para mim continuam sendo inseparáveis o sexo de um homem e o sabor de iodo e sal do ouriço; esse é o tipo de fixação que as pessoas superam com psicanálise, mas eu prefiro exorcizar meus demônios com a escrita. "Então ficou me olhando com uma expressão indecifrável e de repente pegou minha mão e a pôs sobre o seu sexo. Percebi um volume sob o tecido úmido do calção de banho, uma coisa que se mexia, como se fosse um grosso pedaço de mangueira; tentei retirar a mão, mas ele a reteve com firmeza, enquanto sussurrava, com uma voz diferente, que eu não tivesse medo, não iria fazer nada de ruim, só coisas gostosas. O sol ficou mais quente, a luz mais branca e o rugido do oceano mais assustador, enquanto sob minha mão ganhava vida essa dureza de perdição." Em vários dos meus romances, explorei a força brutal dos sentimentos que acompanham a descoberta da sexualidade numa menina ou num menino. Quase sempre o relato é veemente ou violento, como foi minha experiência e como costumam ser as paixões infantis, quando carecemos do freio da razão e daquele verniz de cinismo que adquirimos com os anos, depois de vários tropeços e desilusões. Às vezes, contudo, tratei do tema com humor, como no caso de Rolf Carlé e suas primas gordalhonas em Eva Luna; assim, entre risadas e beijos, eu gostaria que tivesse sido meu próprio despertar.

As primas de Rolf Carlé eram cortejadas por dois pretendentes, ambos descendentes em linha direta dos fundadores da Colônia, donos da única indústria de velas de fantasia, cuja produção era vendida em todo o país e além fronteiras. A fábrica ainda existe, e tem tal prestígio, que por ocasião da visita do Papa, quando o Governo mandou fazer um círio de sete metros de altura e dois de diâmetro, para ser mantido aceso na Catedral, eles não apenas puderam moldá-lo com perfeição, decorando-o com cenas da paixão e aromatizando-o com extrato de pinho, como também foram capazes de transportá-lo por caminhão, da montanha à capital, sob um sol de chumbo, sem que ficasse perdida sua forma de obelisco, seu odor de Natal e seu tom de marfim antigo. A conversa dos dois rapazes girava em torno de moldes, cores e perfumes das velas. Às vezes zangavam-se, mas ambos eram atraentes, bastante prósperos e estavam impregnados, por fora e por dentro, com o aroma da cera de abelhas e das essências. Eram os melhores partidos da Colônia e todas as moças buscavam pretextos para comprar velas usando seus vestidos mais vaporosos. Rupert, no entanto, espalhara em suas filhas a dúvida de que toda aquela gente, nascida das mesmas famílias durante gerações, tinha o sangue aguado e podia produzir rebentos perdidos. Em franca oposição às teorias sobre as raças puras, ele achava que das misturas saem os melhores exemplares e, para prová-lo, cruzou seus cães finos com vira-latas bastardos. Obteve animais lamentáveis, de pelame e tamanhos imprevisíveis que ninguém quis comprar, porém muito mais inteligentes que seus congêneres de *pedigree*, conforme todos viram, quando aprenderam a caminhar sobre uma corda bamba e a dançar valsa sobre as patas traseiras. É melhor arranjar maridos fora, dizia, desafiando sua amada Burgel, que nem queria ouvir falar em tal possibilidade; a ideia de ver suas meninas casadas com varões morenos e com um vaivém de rumba nos quadris parecia-lhe uma terrível desgraça. Não seja obtusa, Burgel. Obtuso é você! Quer ter netos mulatos? Os nativos deste país não são louros, mulher, mas tampouco são negros. Para acabar com a discussão, ambos suspiravam com o nome de Rolf Carlé nos lábios, lamentando não terem dois sobrinhos como ele, um para cada filha, porque embora houvesse um parentesco sanguíneo e o antecedente da debilidade mental de Katharina, podiam jurar que Rolf não era portador de genes deficientes. Consideravam-no o genro perfeito, trabalhador, educado, culto, com bons modos, mais não se podia pedir. No momento, sua única falha era a juventude excessiva, mas todo mundo se cura disso.

As primas demoraram bastante a perceber as aspirações de seus pais, porque eram donzelas inocentes. Entretanto, quando abriram os olhos, deixaram muito para trás os preceitos de modéstia e recato em que tinham sido criadas. Notaram o incêndio nos olhos de Rolf Carlé, viram-no entrar no quarto de ambas como uma sombra, para remexer furtivamente em seus vestidos, interpretaram isso como sintomas de amor. Comentaram o assunto entre si, considerando a possibilidade de um amor platônico entre os três, mas quando o viram de torso nu, os cabelos acobreados revoltos pela brisa, suando com os utensílios do campo ou da carpintaria, foram mudando de ideia e chegaram à feliz conclusão de que Deus inventara dois sexos com um evidente propósito. Sendo de temperamento alegre, estavam acostumadas a dividir o quarto, o banho, a roupa e quase tudo o mais, de maneira que não viram malícia alguma em partilhar também o amante. Por outro lado, era-lhes fácil constatar o excelente estado físico do rapaz, cujas forças e boa vontade davam e sobravam para executar as pesadas tarefas que lhe exigia o tio Rupert. Estavam certas de que Rolf tinha mais do que disposição para exercitar-se com as duas. Contudo, a coisa não era assim tão simples. Os moradores da aldeia não tinham critério amplo o suficiente para entender um relacionamento triangular e, por outro lado, o pai delas jamais toleraria aquilo, apesar de seus alardes de modernismo. Quanto à mãe, nem pensar; seria capaz de pegar uma faca e cravá-la na parte mais vulnerável do sobrinho.

Em pouco, Rolf Carlé notou uma mudança na atitude das primas. Elas o premiavam com os pedaços maiores de carne assada, deitavam uma montanha de creme em sua sobremesa, cochichavam às suas costas, alvoroçavam-se quando ele as surpreendia observando-o, tocavam-no ao passar, sempre de maneira casual, mas com tal carga erótica em cada um desses leves contatos, que nem um eremita permaneceria impassível. Até então, ele as rondava com prudência e dissimuladamente, não querendo faltar às normas de cortesia e nem enfrentar a possibilidade de uma rejeição, algo que seria um golpe mortal em seu amor-próprio. Aos poucos, no entanto, começou a fitá-las com audácia, longamente, porque não queria tomar uma decisão precipitada. Qual escolher? Achava as duas encantadoras, com suas pernocas robustas, os seios apertados, os olhos água-marinha e a pele de bebê. A mais velha era mais divertida, mas também o seduzia a coqueteria suave da mais nova. O pobre Rolf debateu-se em tremendas dúvidas, até que elas se cansaram de esperar sua iniciativa e atiraram-se a um ataque frontal. Agarraram-no de jeito na horta dos morangos; deram-lhe uma rasteira para derrubá-lo ao chão e caíram-lhe em cima para fazer cócegas, pulverizando a mania de Rolf em levar tudo a sério e excitando sua luxúria. Fizeram saltar os botões de suas calças, tiraram-lhe os sapatos, rasgaram-lhe a camisa e enfiaram as mãos de ninfas travessas onde ele nunca imaginara que alguém o exploraria. A partir de então, Rolf Carlé abandonou a leitura, descuidou-se dos cachorros, esqueceu os relógios de cuco, parou de escrever para a mãe, quase esqueceu o próprio nome. Andava em transe, com os instintos incendiados e a mente ofuscada. De segunda a quinta-feira, quando a casa não tinha hóspedes, o ritmo do trabalho doméstico diminuía, e os três jovens dispunham de algumas horas de liberdade, que aproveitavam para perder-se nos quartos dos hóspedes, vazios em tais dias da semana. Pretextos não faltavam: arejar os edredons, limpar as vidraças, fazer fumigações contra as baratas, encerar a madeira dos móveis, trocar os lençóis. As jovens tinham herdado dos pais o senso de equidade e de organização; enquanto uma ficava no corredor de vigia, para dar o alarme caso alguém se aproximasse, a outra se trancava no quarto com Rolf. Elas respeitavam os turnos rigorosamente, mas por sorte o jovem não ficou sabendo desse detalhe humilhante. O que faziam, quando estavam a sós? Nada de novo, eram as mesmas brincadeiras de primos, que a humanidade conhece há seis mil anos. O interessante começou quando decidiram passar as noites os três na mesma cama, tranquilizados pelos roncos de Rupert e Burgel no quarto vizinho. Os pais dormiam de porta aberta para vigiar as filhas, e isso permitia que as filhas vigiassem os pais. Rolf Carlé era tão inexperiente com suas duas companheiras, mas desde o primeiro encontro tomou precauções para não engravidá-las e colocou nas brincadeiras de alcova todo o entusiasmo e inventiva necessários para suprir sua ignorância de amador. Sua energia era alimentada sem tréguas pela formidável dádiva das primas, abertas, quentes, frutais, sempre sufocadas de riso e bem-dispostas. Além disso, o fato de agirem no maior silêncio, aterrados pelos rangidos da cama, enroupados debaixo das cobertas, envoltos no calor e odor compartilhados, era um incentivo que incendiava seus corações. Estavam na idade precisa em que se pode fazer amor incansavelmente. Enquanto as jovens floresciam com uma vitalidade estival, os olhos cada vez mais azuis, a pele mais luminosa e o sorriso mais feliz, Rolf esquecia os latidos, andava tropeçando nos móveis e dormindo em pé, atendia à mesa dos turistas como sonâmbulo, de joelhos trêmulos e olhar difuso. Este menino está trabalhando demais, Burgel, noto que está pálido. É preciso dar-lhe vitaminas, dizia Rupert, sem desconfiar que, às suas costas, o sobrinho devorava grandes porções do famoso guisado afrodisíaco da tia, a fim de que os músculos não lhe falhassem, chegada a hora de pô-los à prova. Juntos, os três primos descobriram os requisitos para decolar e, em algumas oportunidades, inclusive, chegaram a voar muito alto. O rapaz conformou-se com a ideia de que suas companheiras tinham maior capacidade de prazer e podiam repetir suas façanhas várias vezes na mesma sessão, de maneira que, para manter incólume o seu prestígio e não decepcioná-las, aprendeu a dosar as forças e seu prazer com técnicas improvisadas. Anos depois, soube que os mesmos métodos eram empregados na China desde os tempos de Confúcio, e concluiu que nada há de novo debaixo do sol, como dizia seu tio Rupert, sempre que lia jornal. Algumas noites, os três amantes sentiam-se tão felizes, que se esqueciam de despedir-se e dormiam em um emaranhado de membros entrelaçados, o jovem perdido em uma montanha macia e fragrante, acalentado pelos sonhos das primas. Despertavam com os primeiros cantos do galo, a tempo exato de cada um saltar para sua cama, antes que os pais os surpreendessem em tão deliciosa falta. A princípio, as irmãs tiveram a ideia de rifar o infatigável Rolf Carlé, lançando uma moeda ao ar, porém durante esses memoráveis combates descobriram-se unidas a ele por um sentimento brincalhão e festivo, totalmente inadequado para estabelecer as bases de um casamento respeitável. Sendo mulheres práticas, elas consideraram mais conveniente um matrimônio com os aromáticos fabricantes de velas, mantendo o primo como amante e, na medida do possível, transformando-o em pai de seus filhos, evitando assim o risco do tédio, embora talvez não o de trazerem filhos meio tarados a este mundo. Tal arranjo jamais passou pela mente de Rolf Carlé, alimentada pela literatura romântica, novelas de cavalaria e rígidos preceitos honoráveis, aprendidos na infância. Enquanto elas planejavam audazes combinações, ele só conseguia calar a culpa de amar as duas, pretextando que se tratava de um acordo transitório, cuja finalidade definitiva era a de melhor se conhecerem, antes de formarem um casal. Um contrato a longo prazo, entretanto, parecia-lhe uma perversão abominável. Assim, ele se debatia em um conflito insolúvel entre o desejo — sempre renovado por poderosos brios daqueles dois corpos opulentos e generosos — e sua própria severidade, que o induzia a considerar o casamento monogâmico como único caminho possível para um homem decente. Não seja tolo, Rolf, não vê que nós duas não nos importamos? Não o quero só para mim, e minha irmã tampouco; continuemos assim enquanto estamos solteiras, e depois de casadas também. Tal proposta foi um brutal safanão na vaidade do jovem. Durante trinta horas, ele se viu mergulhado em indignação, findas as quais a concupiscência levou a melhor. Rolf recolheu sua dignidade do chão e voltou a dormir com elas. E as primas adoráveis, uma a cada lado, risonhas, despidas, envolveram-no novamente em sua névoa estupenda de canela, cravo, baunilha e limão, até enlouquecerem seus sentidos e anularem suas escassas virtudes cristãs.

Transcorreram três anos assim, suficientes para apagar os pesadelos macabros de Rolf Carlé e substituí-los por sonhos agradáveis. Talvez as jovens vencessem a luta contra os escrúpulos do rapaz e ele se conformasse em ficar junto delas pelo resto de seus dias, cumprindo com humildade a tarefa de amante e pai em duplicata, se seu destino não estivesse traçado em outra direção.

(De *Eva Luna*)

Desde essa noite Elena viu Bernal com outros olhos. Esqueceu que detestava a brilhantina, os palitos e a sua arrogância e, quando o via passar ou o ouvia falar, lembrava-se das canções daquela festa improvisada e tornava a sentir o ardor na pele e a confusão na alma, uma febre que não sabia pôr em palavras. Observava-o de longe, furtivamente, e assim foi descobrindo aquilo que antes não soubera perceber, seus ombros, o pescoço largo e forte, a curva sensual de seus lábios grossos, os dentes perfeitos, a elegância das mãos, grandes e finas. Invadiu-a o desejo insuportável de se aproximar dele, enfiar o rosto em seu peito moreno, escutar a vibração do ar nos seus pulmões e o ruído do seu coração, aspirando-lhe o cheiro, um cheiro seco e penetrante, como o de couro curtido ou tabaco. Imaginava-se brincando com seu cabelo, apalpando-lhe os músculos das costas e das pernas, descobrindo a forma de seus pés, transformada em fumaça para lhe penetrar a garganta e enchê-lo todo. Mas, se o homem levantava o olhar e encontrava o seu, Elena corria para esconder-se na touceira mais afastada do pátio, tremendo toda. Bernal se tinha apoderado de todos os seus pensamentos, a menina já não podia suportar a imobilidade do tempo longe dele. Na escola, movia-se como num pesadelo, cega e surda a tudo, menos às imagens interiores, em que via só ele. Que estaria fazendo naquele momento? Talvez dormisse de bruços sobre a cama, as persianas fechadas, o quarto na penumbra, o ar quente agitado pelas pás do ventilador, um rio de suor ao longo da espinha, o rosto enfiado no travesseiro. Ao primeiro toque da campainha para a saída, corria logo para casa, rezando para que ele ainda não estivesse acordado e ela tivesse tempo de tomar banho, pôr um vestido limpo e ficar sentada à sua espera na cozinha, fingindo fazer seus deveres para que a mãe não a aborrecesse com trabalhos domésticos. E depois, quando o ouvia sair do banho assobiando, agonizava de impaciência e medo, certa de que morreria de prazer se ele a tocasse ou lhe falasse, ansiosa de que isso acontecesse, mas, ao mesmo tempo, pronta para desaparecer por entre os móveis, porque não podia viver sem ele, nem tampouco podia resistir à sua presença ardente. Seguia-o dissimuladamente para todo lado, servia-o em cada pormenor, adivinhava seus desejos para lhe oferecer tudo de que necessitava antes de ele pedir, mas movia-se sempre como uma sombra, para não revelar sua existência.

Pela noite afora Elena não conseguia dormir, por ele não estar em casa. Abandonava a rede e saía, como um fantasma, vagueando pelo andar térreo, ganhando coragem para, finalmente, entrar em segredo no quarto de Bernal. Fechava a porta atrás de si, abria um pouco a persiana, a fim de que entrasse o reflexo da rua iluminando as cerimônias que inventara para se apoderar dos pedaços da alma daquele homem, que impregnavam seus objetos. Na lua do espelho, negro e brilhante como um charco de lodo, olhava-se longamente porque ele se tinha olhado ali, e os vestígios das duas imagens poderiam confundir-se num abraço. Aproximava-se do cristal com os olhos muito abertos, vendo-se a si própria com os olhos dele, beijando seus próprios lábios com um beijo frio e duro, que ela imaginava quente, como a boca de um homem. Sentia a superfície do espelho contra o peito, e eriçavam-se-lhe as pequenas cerejas dos seios, provocando-lhe uma dor surda que a percorria de alto a baixo e se instalava num ponto preciso entre as pernas. Procurava essa dor uma e outra vez. Do armário tirava uma camisa e as botas de Bernal e calçava-as. Dava alguns passos pelo quarto com muito cuidado, para não fazer ruído. Assim vestida, remexia suas gavetas, penteava-se com o seu pente, chupava a sua escova de dentes, lambia o seu creme de barbear, acariciava a sua roupa suja. Depois, sem saber por que o fazia, tirava a camisa, as botas e o seu pijama e estendia-se nua na cama de Bernal, aspirando com sofreguidão seu cheiro, invocando seu calor para nele se envolver. Tocava todo o corpo, começando pela forma estranha do seu crânio, as cartilagens translúcidas das orelhas, as conchas dos olhos, a cavidade da boca, e assim até embaixo, desenhando os ossos, as pregas, os ângulos e as curvas daquela totalidade insignificante que era ela mesma, desejando ser enorme, pesada e densa, como uma baleia. Imaginava que se ia enchendo de um líquido viscoso e doce como mel, que inchava e crescia até o tamanho de uma boneca descomunal, até encher toda a cama, todo o quarto, toda a casa com seu corpo túrgido. Extenuada, às vezes adormecia por uns minutos, chorando.

Certa manhã de sábado, da janela, Elena viu Bernal aproximar-se da mãe por trás, quando ela estava inclinada no tanque, esfregando roupa. O homem pôs-lhe a mão na cintura, e a mulher não se moveu, como se o peso daquela mão fizesse parte do seu corpo. A distância, Elena percebeu o gesto de posse dele, a atitude de entrega da mãe, a intimidade dos dois, a corrente que os unia como um imenso segredo. A menina sentiu uma onda de suor encharcá-la de alto a baixo, não podia respirar, seu coração era um pássaro assustado entre as costelas, sentia picadas nas mãos e nos pés, o sangue forçando para estourar-lhe os dedos. Desde esse dia, passou a espionar a mãe.

Foi descobrindo as evidências procuradas, uma a uma; a princípio só olhares, um adeus demasiado prolongado, um sorriso cúmplice, a suspeita de que, por debaixo da mesa, as pernas deles se encontravam e que inventavam pretextos para ficar a sós. Por fim, uma noite, ao regressar do quarto de Bernal onde havia cumprido os rituais de apaixonada, escutou um rumor de águas subterrâneas vindo do quarto da mãe e, então, compreendeu que durante todo aquele tempo, enquanto ela julgava que Bernal estava ganhando o sustento com canções noturnas, o homem tinha estado no outro lado do corredor, e, enquanto ela beijava a sua recordação no espelho e aspirava o vestígio de sua passagem pelos lençóis, ele estava com sua mãe. Com a destreza aprendida em tantos anos de se fazer invisível, empurrou a porta e viu-os entregues ao prazer. A cúpula com franjas do abajur irradiava luz cálida, que revelava os amantes em cima da cama. A mãe tinha-se transformado numa criatura redonda, rosada, gemente, opulenta, uma ondulante anêmona-do-mar, puros tentáculos e ventosas, toda boca, mãos, pernas e orifícios, rodando e voltando a rodar, colada ao grande corpo de Bernal, que, por contraste, lhe pareceu rígido, torpe, de movimentos espasmódicos, um pedaço de madeira sacudido por uma lufada de vento inexplicável. A garota, que até então nunca vira um homem nu, ficou surpresa com as diferenças fundamentais. A natureza masculina pareceu-lhe brutal, e levou um bom tempo para vencer o medo e conseguir olhar. Mas logo foi vencida pelo fascínio da cena e pôde observar com toda atenção, para aprender com a mãe os gestos que tinham conseguido arrebatar Bernal, gestos mais poderosos do que todo o seu amor, do que todas as suas orações, seus sonhos e suas chamadas silenciosas, que todas as suas cerimônias mágicas com o propósito de convocá-lo para o seu lado. Tinha certeza de que naquelas carícias e naqueles sussurros estava a chave do segredo e de que, se conseguisse dominá-los, Juan José Bernal dormiria com ela na rede que pendurava todas as noites em dois ganchos no quarto dos armários.

Elena passou os dias seguintes em estado crepuscular. Perdeu completamente o interesse pelo que a rodeava, até pelo próprio Bernal, que passou a ocupar um compartimento de reserva na sua mente, e mergulhou numa realidade fantástica que substituiu por completo o mundo dos vivos. Continuou a cumprir as tarefas por força do hábito, mas sua alma estava ausente de tudo que fazia. Quando a mãe lhe notou a falta de apetite, atribuiu-a à chegada da puberdade e, embora Elena fosse para todos os efeitos jovem demais, arranjou tempo para se sentar a sós com ela e pô-la a par da brincadeira de ter nascido mulher. A garota ouviu em astuto silêncio o discurso sobre maldições bíblicas e sangues menstruais, convencida de que isso nunca lhe aconteceria.

Na quarta-feira Elena sentiu fome pela primeira vez em quase uma semana. Fechou-se na despensa com um abridor de latas e uma colher, devorou o conteúdo de três latas de ervilhas, tirou a casca de cera vermelha de um queijo holandês e comeu-o como se fosse uma maçã. Depois correu para o pátio e, dobrada em duas, vomitou uma mistura verde sobre os gerânios.

A dor do ventre e o gosto azedo na boca devolveram-lhe o senso da realidade. Nessa noite dormiu tranquila, enrolada na rede, chupando o dedo, como nos tempos de berço. Na quinta-feira acordou alegre, ajudou a mãe a preparar o café para os pensionistas e comeu com ela na cozinha, antes de ir para a escola. Mas, ao chegar lá, queixou-se de fortes dores de estômago e tanto se torceu e pediu licença para ir ao banheiro, que na metade da manhã a professora a autorizou a regressar a sua casa.

Elena deu uma grande volta para evitar as ruas do bairro e aproximou-se da casa pela parede dos fundos, que dava para um barranco. Conseguiu escalar o muro e saltar para o pátio mais facilmente do que pensava. Havia calculado que àquela hora a mãe estaria no mercado e, como era dia de peixe fresco, demoraria bom tempo para voltar. Em casa apenas se encontravam Juan Bernal e a Srta. Sofia, que há uma semana não ia ao trabalho, com um ataque de artrite.

Elena escondeu os livros e os sapatos debaixo de uma manta e deslizou para o interior da casa. Subiu a escada colada à parede, prendendo a respiração, e, quando ouviu o som do rádio no quarto da Srta. Sofia, sentiu-se mais tranquila. A porta de Bernal cedeu imediatamente. Dentro estava escuro, e, num primeiro momento, nada viu, porque vinha da luz da manhã, na rua; mas tinha memória do quarto, medira aquele espaço muitas vezes, sabia onde se encontrava cada objeto, em que lugar preciso rangia o assoalho e a quantos passos da porta estava a cama. De qualquer modo, esperou que a vista se acostumasse à penumbra e aparecessem os contornos dos móveis.

Após alguns instantes pôde distinguir também o homem sobre a cama. Não estava de bruços, como tantas vezes o imaginara, mas de costas sobre os lençóis, vestido só com cuecas, um braço estendido e outro no peito, uma mecha de cabelo sobre os olhos. Elena sentiu logo que o medo e a impaciência acumulados durante aqueles dias desapareciam por completo, deixando-a limpa, com a tranquilidade de quem sabe o que deve fazer. Pareceu-lhe que já vivera aquele momento muitas vezes; disse a si própria que nada tinha a temer, tratava-se apenas de uma cerimônia um pouco diferente das anteriores. Lentamente tirou o uniforme da escola, mas não se atreveu a despir também a calcinha de algodão. Aproximou-se da cama. Já podia ver Bernal melhor. Sentou-se na borda, a pouca distância da mão do homem, de modo que seu peso não marcasse nem mais uma prega nos lençóis, inclinou-se lentamente até o rosto ficar a poucos centímetros dele e poder sentir o calor de sua respiração e o odor adocicado de seu corpo e, com infinita prudência, estendeu-se a seu lado, esticando cada perna com cuidado para não o despertar. Esperou, escutando em silêncio, até que decidiu pousar a mão sobre o ventre dele numa carícia quase imperceptível. Esse contato provocou-lhe uma onda sufocante no corpo, julgou que o ruído de seu coração ecoava por toda a casa e iria despertar o homem. Precisou de vários minutos para recuperar o entendimento e, quando verificou que ele não se movia, abrandou a tensão e apoiou a mão com todo o peso do braço, tão leve assim mesmo, que não alterou o descanso de Bernal. Elena recordou os gestos que tinha visto da mãe e, enquanto introduzia os dedos por debaixo do elástico das cuecas, procurou a boca do homem e beijou-o como tinha feito tantas vezes no espelho. Bernal gemeu, adormecido ainda, e enlaçou com um braço a garota pela cintura, enquanto a outra mão pegava a dela para guiá-la, e a sua boca se abria para devolver o beijo, murmurando o nome da amante. Elena ouviu-o chamar a mãe, mas, em vez de se afastar, apertava-se mais a ele. Bernal agarrou-a pela cintura e puxou-a, acomodando-a sobre o seu corpo ao mesmo tempo que iniciava os primeiros movimentos de amor. Mas, então, ao sentir a fragilidade extrema daquele esqueleto de pássaro sobre o peito, um laivo de consciência cruzou a densa bruma do sonho, e o homem abriu os olhos. Elena sentiu que o corpo dele se retesava, viu-se agarrada pelas costas e afastada com tal violência que foi parar no chão, mas pôs-se de pé e voltou a ele para abraçá-lo de novo. Bernal esbofeteou-a e saltou da cama, aterrado, quem sabe, por antigas proibições e pesadelos.

— Perversa, garota perversa! — gritou.

(De "Menina perversa", *Contos de Eva Luna*)

Andava desesperado de amor, incendiado por um calor brutal e incompreensível, assustado pelo tambor do seu coração, pelo mel pegajoso no saco de dormir, pelos sonhos turbulentos e pelas surpresas de seu corpo, os ossos esticavam-se, apareciam músculos, cresciam-lhe pelos, e o sangue esquentava-o num calor insuportável. Bastava um estímulo insignificante para explodir em súbito prazer, que o deixava consternado e meio desvanecido. O simples fato de esbarrar uma mulher na rua, a visão de uma perna feminina, uma cena de filme, numa frase num livro, até o tremer do assento no ônibus, tudo o excitava. Além de estudar, tinha de trabalhar; no entanto, o cansaço não anulava o desejo insondável de se afundar num pântano, de se perder no pecado, de sofrer outra vez esse gozo e essa morte sempre demasiado breves. O esporte e o baile ajudavam-no a libertar energia, mas era preciso qualquer coisa mais drástica para acalmar a ebulição de seus instintos. Tal como na infância, apaixonara-se como um demente por Miss June, na adolescência tinha uns súbitos arrebatamentos passionais por garotas inacessíveis, quase sempre mais velhas, de quem não se atrevia a se aproximar e que se conformava em olhar a distância. Um ano mais tarde, atingiu de supetão seu tamanho e peso definitivos, mas, aos dezesseis anos, era ainda um adolescente magro, com joelhos e orelhas grandes demais, até mesmo patético, embora se pudesse vislumbrar sua boa índole.

— Se conseguir não se tornar bandido ou policial, será ator de cinema, e as mulheres irão adorá-lo — prometia-lhe Olga para consolá-lo quando o via sofrer na mortificação de sua própria pele.

Foi ela quem o tirou finalmente dos incandescentes suplícios da castidade. Desde que Martínez o fechara no quarto das vassouras na escola primária, assaltavam-no dúvidas inconfessáveis a respeito de sua virilidade. Não tinha voltado a explorar Ernestina Pereda nem nenhuma outra garota com o pretexto de brincar de médico, e os conhecimentos sobre esse lado misterioso da existência eram vagos e contraditórios. As migalhas obtidas às escondidas na biblioteca só contribuíam para desconcertá-lo mais ainda, porque iam contra a experiência da rua, as sacanagens dos irmãos Morales e outros amigos, as prédicas do padre, as revelações do cinema e os sobressaltos de sua fantasia. Fechou-se na solidão, negando com teimosa determinação as perturbações do seu coração e o desassossego do corpo, procurando imitar os castos cavaleiros da Távola Redonda ou os heróis do faroeste, mas a cada instante o ímpeto de sua natureza traía-o. Aquela dor surda e a confusão sem nome dobraram-no por um tempo eterno, até que não pôde mais continuar a suportar aquele martírio e, se Olga não acode em seu socorro, teria acabado meio louco. A mulher viu-o nascer, tinha estado presente em todos os momentos importantes de sua infância, conhecia-o como a um filho, nada que dissesse respeito a ele escapava aos seus olhos e o que não deduzia por simples percepção adivinhava pelo seu talento de nigromante, o que, resumindo, consistia no conhecimento da alma dos outros, bom olho para observar e desfaçatez para improvisar conselhos e profecias. Nesse caso específico não se requeriam dotes de clarividência para deduzir o estado de desamparo de Gregory. Naquele tempo Olga estava com quarenta anos, as curvas de sua juventude haviam se transformado em gordura, e os contratempos de sua vocação de cigana haviam enrugado sua pele, mas mantinha a graça e o estilo, a folhagem de suas crinas ruivas, o roçar das saias e o riso veemente. Ainda morava no mesmo local, mas já não ocupava apenas um quarto, tinha comprado a propriedade para transformá-la em seu templo particular, onde dispunha de um quarto para os remédios, a água magnetizada e toda espécie de ervas, outro para as massagens terapêuticas e abortos, e uma sala de bom tamanho para as sessões de espiritismo, magia e adivinhação. Sempre recebia Gregory na divisão em cima da garagem. Naquele dia encontrou-o triste, e voltou a comovê-la a rude compaixão que nos últimos tempos era seu sentimento primordial por ele.

— Por quem está apaixonado agora? — riu.

— Quero ir embora deste lugar de merda — disse Gregory com a cabeça entre as mãos, derrotado por aquele inimigo no baixo-ventre.

— Para onde está pensando ir?

— Para qualquer lugar, para o caralho, não importa. Aqui não acontece nada, não se pode respirar, estou me afogando.

— Não é o bairro, é você. Está se afogando na própria pele. — A adivinha tirou do armário uma garrafa de uísque, despejou uma boa dose no copo dele e outra para ela, esperou que ele bebesse e serviu-lhe mais. O rapaz não estava habituado à bebida forte, fazia calor, as janelas estavam fechadas e o aroma de incenso, ervas medicinais e patchuli pesava no ar. Aspirou o cheiro de Olga com um estremecimento. Num instante de inspiração caritativa, a mulher se aproximou por trás e envolveu-o com seus braços, os seios já tristes espalmaram-se contra as costas dele, seus dedos cheios de anéis desabotoaram-lhe às cegas a camisa, enquanto ele se fazia de pedra, paralisado pela surpresa e pelo medo, mas então ela começou a beijá-lo no pescoço, a meter-lhe a língua nas orelhas, a sussurrar-lhe palavras em russo, a explorá-lo com suas mãos experientes, a tocá-lo onde ninguém o havia tocado antes, até que ele se abandonou com um soluço, precipitando-se num abismo sem fundo, sacudido de pavor e de antegozo do prazer e, sem saber o que fazia nem por que o fazia, voltou-se para ela, desesperado, rasgando-lhe a roupa com a pressa, assaltando-a como um animal no cio, rolando com ela pelo chão, esperneando para se libertar das calças, abrindo caminho por entre as saias, penetrando-a num impulso de desolação e abatendo-se a seguir com um grito, quando se esvaziava às golfadas, como se uma artéria lhe tivesse arrebentado nas entranhas. Olga deixou-o descansar um pouco sobre seu peito, arranhando-lhe as costas como muitas vezes tinha feito quando ele era menino e, quando calculou que o remorso estava chegando, levantou-se e foi fechar as cortinas. Depois começou a tirar lentamente a blusa rasgada e a saia amassada.

— Agora vou ensinar o que nós, mulheres, gostamos — disse-lhe com um sorriso novo. — Primeiro é não ter pressa, filho...

(De *O plano infinito*)

primeiro
amor

Primeiro amor

> O primeiro amor é como a varíola, deixa marcas indeléveis.
>
> (De *Filha da fortuna*)

Não existe idade para o primeiro amor. Ele pode acontecer em qualquer momento da vida, e suponho que será sempre tão poderoso quanto o de Romeu e Julieta, aqueles enamorados de lenda que durante quinhentos anos serviram de referência para a paixão ardente. Contudo, o amor de juventude tem um grau de loucura que não se manifesta depois: é exclusivo, cego, trágico, uma montanha-russa de emoções que vão desde a exaltação alucinada até o mais profundo pessimismo. O casal criado por Shakespeare era muito jovem. Embora não esteja claro na obra, o consenso geral é que ela tinha treze anos e ele, quinze; isso explicaria a linguagem sublime para se descreverem mutuamente e a premência em suicidar-se por partidas dobradas. Se fossem mais velhos, talvez tivessem tido mais pudor com as metáforas e mais apego à existência, mas nessa idade estavam afogados na tormenta dos seus hormônios e não se desenvolvera neles a parte do cérebro que calcula os riscos e as consequências de cada ato. Compreendo essa alienação da adolescência, porque a vivi. O primeiro amor me golpeou como uma bordoada, no Líbano (o ruivo de orelhas grandes da Bolívia e o jovem libanês de quadriciclo com motorista, que mencionei antes, foram ideias românticas sem inquietação sexual). Eu tinha a mesma idade de Julieta, treze anos, e, à semelhança dela, me suicidaria de bom grado, mas teria de fazê-lo sozinha, já que meu Romeu não compartilhou a comoção que me sacudia. Isso não reduziu a força nem a durabilidade do meu desvario. O objeto da minha obsessão foi um jovem militar inglês designado para o Chipre que chegou a Beirute para uma semana de férias. Passou como um cometa, iluminando a minha vida monótona com o resplendor do seu uniforme, seus cigarros e seu sotaque britânico. O fato de que mal percebesse minha existência é lamentável, mas, com a obstinação que me caracteriza, herança dos meus antepassados bascos, eu me propus a ver sinais positivos onde eles não existiam. As migalhas de atenção que esse soldado me deu bastaram para alimentar minhas fantasias amorosas e eróticas durante uns dois anos. Pode-se criar um novelão com quase nada: os fatos não importam, só contam as emoções. Medi todos os meus enamoramentos posteriores com a escala desse primeiro e, embora tenha amado muito, nunca mais me dispus a me tirar a vida por um homem que me ignora, como então.

Nesse verão, quando Blanca foi passar férias em Las Tres Marías, quase não o reconheceu, porque estava 15 centímetros mais alto e deixara muito para trás o menino barrigudo que compartilhou com ela todos os verões de sua infância. Ela desceu do coche, alisou a saia e pela primeira vez não correu para abraçá-lo, apenas inclinou a cabeça em sua direção à maneira de cumprimento, embora com os olhos lhe dissesse aquilo que os outros não deveriam ouvir, o que, aliás, já lhe dissera em sua impudica correspondência em código. A Nana observou a cena de rabo de olho e sorriu com satisfação. Ao passar em frente de Pedro Terceiro fez-lhe uma careta.

— Aprenda, ranhento, a se meter com os de sua classe e não com senhoritas — zombou baixinho.

Naquela noite Blanca jantou com toda a família na sala de jantar a caçarola de galinha com que sempre os recebiam em Las Tres Marías, sem que se vislumbrasse nela nenhuma ansiedade durante a prolongada sobremesa em que o pai bebia conhaque e falava sobre vacas importadas e minas de ouro. Esperou que a mãe sinalizasse a permissão para retirar-se, levantou-se calmamente, desejou boa-noite a cada um dos presentes e foi para seu quarto. Pela primeira vez em sua vida, fechou a porta à chave. Sentou-se na cama sem tirar a roupa e esperou no escuro, até que se calaram as vozes dos gêmeos gritando no quarto ao lado, os passos dos empregados, as portas, os ferrolhos, e a casa se acomodou no sono. Então abriu uma janela e pulou, caindo sobre as moitas de hortênsias que muito tempo atrás sua tia Férula tinha plantado. A noite estava clara, ouviam-se os grilos e os sapos. Respirou profundamente, e o ar trouxe-lhe o cheiro doce dos pêssegos que secavam no pátio para as compotas. Esperou que os olhos se acostumassem à escuridão e logo começou a andar, mas não pôde seguir adiante, porque ouviu o ladrar furioso dos cães de guarda, que eram soltos à noite — quatro mastins que foram criados presos por correntes e que passavam o dia trancados, que ela nunca tinha visto de perto e sabia que não poderiam reconhecê-la. Por um momento sentiu que o pânico a fazia perder a cabeça e esteve a ponto de começar a gritar, mas, então lembrou-se de que Pedro García, o velho, uma vez dissera que os ladrões andam nus para não serem atacados pelos cães. Sem hesitar despiu a roupa com a rapidez que os nervos lhe permitiam, enfiou-a sob o braço e caminhou com passo tranquilo, rezando para que os animais não lhe farejassem o medo. Viu-os avançarem, ladrando, e seguiu adiante, sem perder o ritmo da marcha. Os cães aproximaram-se, rosnando, desconcertados, mas ela não parou. Um deles, mais audaz do que os outros, aproximou-se para cheirá-la. Recebeu o bafo morno de sua respiração nas costas, mas não lhe deu atenção. Continuaram a rosnar e a ladrar por algum tempo, acompanharam-na durante parte de seu trajeto e, por fim, enfadados, deram meia-volta. Blanca suspirou aliviada e deu-se conta de que estava tremendo e coberta de suor; teve que se apoiar numa árvore e esperou até que passasse a agitação que amolecera seus joelhos. Depois, vestiu-se depressa e saiu correndo em direção ao rio.

Pedro Terceiro a esperava no mesmo lugar em que se tinham encontrado no verão anterior e onde muitos anos antes Esteban Trueba se havia apoderado da humilde virgindade de Pancha García. Ao ver o rapaz, Blanca corou violentamente. Durante os meses em que tinham estado separados, ele amadurecera no duro ofício de fazer-se homem, e ela, por seu lado, esteve recolhida entre as paredes de seu quarto e do colégio das freiras, preservada das durezas da vida, alimentando sonhos românticos com agulhas de tecer e lã da Escócia, mas a imagem de seus sonhos não coincidia com aquele jovem alto que se aproximava murmurando seu nome. Pedro Terceiro estendeu a mão e tocou-lhe o pescoço junto da orelha. Blanca sentiu algo quente percorrer seus ossos e amolecer suas pernas, fechou os olhos e se abandonou. Ele a puxou suavemente e a envolveu em seus braços; ela afundou o nariz no peito daquele homem que não conhecia, tão diferente do menino magro com quem trocava carícias até ficarem extenuados poucos meses antes. Aspirou-lhe o odor novo, esfregou-se na sua pele áspera, alisou aquele corpo enxuto e forte e sentiu uma paz grandiosa e completa, que em nada se parecia com a agitação que se havia apoderado dele. Procuraram-se com as línguas, como faziam antes, embora parecesse um afago recém-inventado, deixaram-se cair ajoelhados, beijando-se com desespero, e rolaram sobre o leito macio da terra úmida. Descobriram-se pela primeira vez e não tinham nada a dizer um ao outro. A lua percorreu todo o horizonte, mas eles não a viram, ocupados em explorar sua mais profunda intimidade, enfiando-se cada um na pele do outro, insaciavelmente.

(De *A casa dos espíritos*)

Finalmente, houve uma noite em que os dois não se encontraram na ermida, mas na residência dos Sommers. Para chegar a esse momento, Eliza passou pelo tormento de infinitas dúvidas, pois compreendia que aquele seria um passo definitivo. Só o fato de estarem juntos sem uma pessoa para vigiá-los já era o bastante para que perdesse a honra, o mais precioso tesouro de uma jovem, sem a qual não havia futuro possível. "Mulher sem virtude não vale coisa nenhuma, nunca poderá se tornar uma esposa nem mãe, e melhor seria se lhe amarrasse uma pedra no pescoço e a atirasse ao mar", haviam-lhe dito repetidas vezes. Pensou que não haveria atenuante para a falta que ia cometer, premeditada calculadamente. Às duas da manhã, quando não restava uma alma desperta na cidade e só os guardas-noturnos moviam-se pelas ruas escuras, Joaquín Andieta deu um jeito de entrar como um ladrão na biblioteca dos Sommers, onde Eliza o esperava descalça, vestindo apenas uma camisola de dormir, tremendo de frio e ansiedade. Tomou-o pela mão e o conduziu às cegas através da casa, até um quarto dos fundos, onde era guardado, em grandes armários, o vestuário da família, e em diversas caixas os materiais para vestidos e chapéus usados por Miss Rose ao longo dos anos. No chão, estiradas e envoltas em peças de pano, as cortinas da sala e do refeitório esperavam a próxima estação. Para Eliza, aquele era o lugar mais seguro, pois estava distante dos outros aposentos. De qualquer modo, a título de precaução, havia pingado umas gotas de valeriana no copinho de licor de anis que Miss Rose costumava beber antes de dormir, e outro tanto na aguardente que Jeremy saboreava depois do jantar, enquanto fumava seu charuto cubano. Conhecia cada centímetro da casa, sabia exatamente onde o soalho rangia, o jeito de abrir as portas para que não chiassem, e podia guiar Joaquín na obscuridade sem outra luz que a da própria memória, e ele a seguiu, dócil e pálido de medo, ignorando a voz da consciência, que se confundia com a de sua mãe, fazendo-o implacavelmente lembrar-se do código de honra de um homem decente. Jamais farei a Eliza aquilo que meu pai fez a minha mãe, dizia a si mesmo enquanto avançava guiado pela mão da garota, sabendo, porém, que todas aquelas juras eram inúteis, pois já se sentia vencido pelo desejo impetuoso que não o deixava em paz desde o momento em que a vira pela primeira vez. Por seu lado, Eliza debatia-se entre as vozes da advertência que retumbavam em sua cabeça e o impulso do instinto, com seus prodigiosos artifícios. Não tinha ideia clara do que iria acontecer no quarto dos armários, mas de antemão se entregara.

Suspensa no ar como uma aranha exposta ao vento, a casa dos Sommers não tinha como permanecer bem aquecida, apesar dos braseiros de carvão que as criadas mantinham acesos durante sete meses por ano. O hálito perseverante do mar trazia os lençóis sempre úmidos, e as pessoas dormiam com garrafas de água quente nos pés. O único lugar sempre aquecido era a cozinha, onde o fogão a lenha, uma peça enorme e de usos os mais diversos, jamais se apagava. Durante o inverno as madeiras estalavam, tábuas desprendiam-se e o esqueleto da casa parecia prestes a sair para navegar, como se fosse uma velha fragata. Miss Rose jamais acostumou-se às tempestades vindas do Pacífico, e muito menos aos tremores de terra. Os verdadeiros terremotos, aqueles que deixavam o mundo de pernas para o ar, aconteciam mais ou menos de seis em seis anos, e, cada vez que um deles ocorreu, Miss Rose demonstrou um surpreendente sangue-frio, mas o trepidar diário que sacudia a vida, esse deixava-a de péssimo humor. Nunca aceitou guardar a porcelana e os serviços do dia-a-dia em prateleiras junto ao chão, como faziam os chilenos, e quando o móvel do refeitório tremia e seus pratos caíam em pedaços, sussurrava maldições contra aquele país. Na parte inferior achava-se o quarto de guardar coisas da casa, e era nele que Eliza e Joaquín se amavam sobre o grande pacote de pesadas cortinas de veludo verde do salão. Faziam amor entre armários solenes, caixas de chapéus e pacotes que guardavam os vestidos primaveris de Miss Rose. Não sofriam nem com o frio nem com o cheiro de naftalina, pois estavam muito além dos inconvenientes práticos, muito além do medo e das consequências, muito além de sua própria conduta de caninos. Não sabiam como fazer, mas foram inventando pelo caminho, aturdidos e confusos, em completo silêncio, guiando-se mutuamente sem muita destreza. Aos vinte e um anos, ele era tão virgem quanto ela. Aos catorze havia decidido ser sacerdote, para satisfazer sua mãe, mas aos dezesseis havia se iniciado nas leituras liberais, declarando-se inimigo dos padres, embora nada tivesse contra a religião, e resolvera permanecer casto até cumprir o propósito de afastar a mãe do cortiço. Parecia-lhe uma retribuição mínima pelos inumeráveis sacrifícios que ela fizera. Apesar da virgindade e do tremendo medo de serem surpreendidos, os jovens foram capazes de encontrar na escuridão aquilo que procuravam. Soltaram botões, desataram laços, despojaram-se de pudores e ficaram nus, cada um bebendo o ar e a saliva do outro. Aspiraram fragrâncias atrevidas, e febrilmente puseram isso aqui e aquilo acolá, em um honesto esforço para decifrar os enigmas, alcançar o fundo do outro e perderem-se no mesmo abismo. As cortinas de verão ficaram manchadas de suor quente, sangue virginal e sêmen, mas nenhum dos dois chegou a pensar nesses sinais deixados pelo amor. Mal podiam perceber, no escuro, os contornos um do outro e medir o espaço disponível, para não derrubar, com seus abraços e movimentos, as pilhas de caixas e os longos cabides dos vestidos. Davam graças ao vento e à chuva que caía no telhado, porque dissimulavam os gemidos do piso, mas eram tão ruidosos o galope de seus corações e o arrebatamento de seus arquejos e suspiros de amor, que eles próprios se admiravam de não acordar a casa inteira.

De madrugada, Joaquín Andieta saiu pela mesma janela da biblioteca, e Eliza regressou exangue à sua cama. Enquanto ela dormia, envolvida em vários cobertores, ele gastava duas horas percorrendo as ruas embaixo da tormenta. Atravessou discretamente a cidade, sem chamar a atenção da guarda, para chegar em casa justamente quando os sinos das igrejas começavam a chamar os fiéis para a primeira missa. Planejava entrar na ponta dos pés, lavar-se um pouco, trocar o colarinho da camisa e partir para o trabalho com a roupa molhada, pois não tinha outra, mas, como todas as manhãs, a mãe o esperava com água quente para o mate e uma torrada de pão do dia anterior.

— Onde você esteve, meu filho? — ela perguntou com tanta tristeza, que o rapaz não teve coragem de enganá-la.

— Descobrindo o amor, mãe — respondeu ele, abraçando-a, sem esconder a alegria.

(De *A filha da fortuna*)

Na falta de outro lugar, os recém-casados passaram o único dia e as duas noites de amor que tiveram no apertado camarote da galeota de Romeiro Toledano, sem suspeitar de que, num compartimento secreto embaixo do assoalho, um escravo escondido podia ouvi-los. A embarcação era a primeira etapa da perigosa viagem para a liberdade de muitos fugitivos. Zacharie e Fleur Hirondelle achavam que a escravidão acabaria em breve e, enquanto isso, ajudavam os mais desesperados que não podiam mais esperar.

Naquela noite, Maurice e Rosette se amaram numa cama estreita de tábuas, embalados pelas correntes do delta, na luz filtrada por uma surrada cortina de flanela vermelha, que cobria a janelinha. No começo, tocavam-se inseguros, com timidez, embora tivessem crescido se explorando e não existisse um só canto de suas almas fechado para o outro. Haviam mudado e agora tinham de aprender a se conhecer de novo. Diante da maravilha de ter Rosette em seus braços, Maurice se esqueceu do pouco que havia aprendido na sua ginástica com Giselle, a trapaceira de Savannah. Tremia. "É por causa do tifo", disse como desculpa. Comovida por aquela doce inexperiência, Rosette tomou a iniciativa de começar a se despir sem pressa, como Violette Boisier havia lhe ensinado, em particular. Ao pensar nisso, teve um ataque de riso, que levou Maurice a achar que estava zombando dele.

— Não seja bobo, Maurice, como vou zombar de você? — respondeu ela, secando as lágrimas do riso. — Estou me lembrando das aulas de fazer amor que madame Violette teve a ideia de dar às alunas do *plaçage*.

— Não me diga que dava aulas para elas!

— Claro, ou você acha que pode se improvisar a sedução?

— *Maman* sabe disto?

— Dos detalhes, não.

— E o que essa mulher ensinava a vocês?

— Pouco, porque, no fim, madame teve que desistir das aulas práticas. Loula a convenceu de que as mães não iam tolerar aquilo e o baile ia acabar indo pros quintos dos infernos. Mas conseguiu ensaiar seu método comigo. Usava bananas e pepinos para me explicar.

— Explicar o quê? — indagou Maurice, que começava a se divertir.

— Como vocês são, os homens, e como é fácil manipulá-los, porque têm tudo de fora. Tinha que me ensinar de alguma maneira, não acha? Eu nunca vi um homem nu, Maurice. Bem, só você, mas quando você era um menino.

— É, acho que alguma coisa mudou desde então — sorriu ele.

— Mas não espere bananas ou pepinos. Iria pecar pelo otimismo.

— Mesmo? Me deixe ver.

Em seu esconderijo, o escravo lamentou que não houvesse uma fresta entre as tábuas do assoalho para grudar o olho. Aos risos seguiu um silêncio que lhe pareceu longo demais. O que aqueles dois estavam fazendo tão calados? Não podia imaginar, porque, em sua experiência, o amor era barulhento. Quando o barbudo capitão abriu o alçapão para que saísse para comer e estirar os ossos, aproveitando a escuridão da noite, o fugitivo esteve a ponto de lhe dizer que não se incomodasse, que podia esperar.

Romeiro Toledano previu que os recém-casados, de acordo com o costume reinante, não sairiam de seu aposento e, obedecendo às ordens de Zacharie, levou-lhes café e rosquinhas, que deixou discretamente diante da porta do camarote. Em circunstâncias normais, Rosette e Maurice teriam passado, pelo menos, três dias, mas eles não contavam com tanto tempo. Mais tarde, o bom capitão lhes deixou uma bandeja com delícias do Mercado Francês, que Tété havia mandado: mariscos, queijo, pão quentinho, frutas, doces e uma garrafa de vinho, que rapidamente mãos ávidas arrastaram para dentro.

Nas horas curtas demais daquele único dia e das duas noites que passaram juntos, Rosette e Maurice se amaram com a ternura que haviam compartilhado na infância e a paixão que agora os acendia, improvisando uma coisa e outra para se alegrarem mutuamente. Eram muito jovens, estavam apaixonados desde sempre e existia o incentivo terrível da separação: não necessitaram nem um pouco das instruções de Violette Boisier. Em algumas pausas, sempre abraçados, arrumaram tempo para falar de alguns assuntos pendentes e planejar seu futuro imediato. A única coisa que lhes permitia suportar a separação era a certeza de que iriam se reunir logo, assim que Maurice tivesse trabalho e um lugar onde receber Rosette.

O segundo dia amanheceu, e tiveram de se vestir, beijar-se pela última vez e sair recatadamente para enfrentar o mundo.

(De *A ilha sob o mar*)

Assim me lembro. Lá fora, os grilos e o canto da coruja; dentro, o luar iluminando em listras precisas seu corpo adormecido. Tão jovem! Cuide dele, Erzuli, *loa* das águas mais profundas, rogava eu, acariciando minha boneca, aquela que meu avô Honoré me dera e que ainda me acompanhava naquele tempo. Venha, Erzuli, mãe, amante, com seus colares de ouro puro, sua capa de penas de tucano, sua coroa de flores e seus três anéis, um para cada esposo. Ajude-nos, *loa* dos sonhos e das esperanças. Proteja-o de Cambray, faça-o invisível aos olhos do patrão, cauteloso diante dos outros, mas soberbo em meus braços, cale seu coração de boçal à luz do dia, para que sobreviva, e dê-lhe coragem à noite, para que não perca o desejo de liberdade. Olhe-nos com benevolência, Erzuli, *loa* dos ciúmes. Não nos inveje, porque esta felicidade é frágil como asas de mosca. Ele irá embora. Se não for, morrerá, você sabe, mas não o tire de mim ainda, deixe-me acariciar suas costas magras de rapaz antes que se transformem nas de um homem.

Era um guerreiro, aquele meu amor, como o nome que lhe dera seu pai, Gambo, que quer dizer guerreiro. Eu sussurrava seu nome proibido quando estávamos sozinhos, Gambo, e essa palavra ressoava em minhas veias. Custou a ele muitas surras responder ao nome que lhe deram aqui e ocultar o seu verdadeiro. Gambo, disse-me, tocando no peito, na primeira vez que nos amamos. Gambo, Gambo, repetiu, até que me atrevi a dizê-lo. Então, ele falava em sua língua e eu respondia na minha. Levou algum tempo para aprender o *créole* e me ensinar um pouco do seu idioma, o mesmo que minha mãe não conseguira me ensinar, mas desde o começo não precisamos falar. O amor tem palavras mudas, mais transparentes do que o rio.

Gambo acabara de chegar, parecia um menino, era pele e osso, espantado. Outros cativos maiores e mais fortes tinham ficado flutuando à deriva no mar amargo, buscando a rota para a Guiné. Como ele suportara a travessia? Vinha em carne viva devido aos açoites, o método de Cambray para dobrar os novos, o mesmo que usava com os cães e os cavalos. No peito, sobre o coração, tinha a marca em brasa com as iniciais da companhia negreira que lhe fizeram na África antes de embarcá-lo e que ainda não cicatrizara. Tante Rose me disse que lavasse as feridas dele com água, muita água, e as cobrisse com emplastros de folhas de amoreira, babosa e manteiga. Deviam fechar de dentro para fora. Na queimadura, nada de água, só gordura. Ninguém sabia curar como ela, até o doutor Parmentier pretendia conhecer seus segredos, e ela os dava, mesmo servindo para aliviar outros brancos, porque o conhecimento vem de Papa Bondye, pertence a todos e, se não for compartilhado, se perde. É assim. Naqueles dias, ela estava ocupada com os escravos que haviam chegado doentes, e coube a mim cuidar de Gambo.

A primeira vez que o vi, ele estava deitado de bruços no hospital de escravos, coberto de moscas. Levantei-o com dificuldade para lhe dar um gole de *tafia* e uma colherzinha das gotas da patroa, que eu havia roubado de seu frasco azul. Em seguida, comecei a tarefa ingrata de limpá-lo. As feridas não estavam inflamadas demais, porque Cambray não tinha podido encharcá-lo de sal e vinagre, mas a dor devia ser terrível. Gambo mordia os lábios, sem se queixar. Depois me sentei a seu lado para cantar para ele, já que eu não conhecia palavras de consolo em sua língua. Queria lhe explicar como se fazia para não provocar a mão que empunhava o chicote, como se fazia para trabalhar e obedecer, enquanto se ia alimentando a vingança, essa fogueira que queima por dentro. Minha madrinha convenceu Cambray de que o rapaz tinha peste e era melhor deixá-lo sozinho para que não contaminasse o restante do grupo. O chefe dos capatazes autorizou-a a instalá-lo em sua cabana, porque não perdia as esperanças de que Tante Rose se contagiasse com alguma febre mortal, mas ela era imune, tinha um trato com Légbé, o *loa* dos encantamentos. Enquanto isso, comecei a soprar para o patrão a ideia de colocar Gambo na cozinha. Não ia durar nada nos canaviais, porque o chefe dos capatazes o tinha na mira desde o começo.

Tante Rose nos deixava sozinhos em sua cabana durante os curativos. Adivinhara. E, no quarto dia, aconteceu. Gambo estava tão abatido pela dor e por tudo que havia perdido — sua terra, sua família, sua liberdade — que desejei abraçá-lo como teria feito sua mãe. O carinho ajuda a curar. Um movimento levou ao seguinte e fui deslizando debaixo dele sem lhe tocar as costas, para que apoiasse a cabeça em meu peito. O corpo dele ardia, ainda estava muito febril; não acho que soubesse o que estávamos fazendo. Eu não conhecia o amor. O que o patrão fazia comigo era obscuro e vergonhoso, foi o que lhe disse, mas ele não acreditou em mim. Com o patrão, minha alma, meu *ti-bon-ange*, se desprendia e ia embora voando para outro lugar, e apenas meu *corpscadavre* ficava naquela cama. Gambo. Seu corpo leve sobre o meu, suas mãos em minha cintura, sua respiração em minha boca, seus olhos me olhando desde o outro lado do mar, desde a Guiné; aquilo era amor. Erzuli, *loa* do amor, salve-o de todo mal, proteja-o. Assim eu implorava.

(De *A ilha sob o mar*)

A
PAIXÃO

A paixão

O que acende a paixão? A própria fantasia, suponho. O que a apaga? A rotina, se a gente se descuidar, e a pobreza.

(De *Vida e espírito*)

Uns anos atrás, coube-me falar numa conferência de bibliotecários na Califórnia. Quando terminei minha exposição e passamos às perguntas, uma mão feminina se ergueu de imediato. A mulher, que se encaixava perfeitamente no exagerado estereótipo da bibliotecária – madura, farta de carnes, desalinhada –, me perguntou, com as faces ruborizadas, se por acaso as cenas eróticas dos meus livros eram baseadas em minha própria experiência. Percorri com a vista o enorme salão, onde duas mil pessoas de bom coração e melhor vontade esperavam uma resposta, e compreendi que, à diferença dos meus colegas masculinos que se vangloriam de aventuras que eles nunca viveram, eu devia ser honesta. "De experiência, nada. Só investigação e fantasia. Não se preocupem, os senhores não perderam nada", esclareci. Um audível suspiro de alívio brotou do público.

Em certa época, tive um longo amor clandestino, uma relação feita de riso e sensualidade, que inspirou várias daquelas cenas nos meus livros, mas, na hora de escrever, a imaginação conta mais do que a memória: escrevo o que eu gostaria de experimentar. A magia do meu ofício me permite viver as vidas dos meus protagonistas, e o prazer de descrever lenta e cuidadosamente um encontro erótico supera de sobra o prazer de vivê-lo. Além disso, ao escrever tenho a satisfação extra de compartilhar a experiência com meus possíveis leitores. Eu me proponho a estimular os sentidos desses leitores com odores, texturas, sabores, com detalhes do lugar onde meus protagonistas se amam, com as palavras que murmuram. Isso me parece mais excitante do que um relato realista do coito: quem botou o quê e onde. Contudo, há ocasiões em que essas precisões são inevitáveis, porque revelam algo fundamental sobre os personagens, como no caso da cortesã, Violette Boisier, na cena de A ilha sob o mar, selecionada para este capítulo (vem ao caso explicar que também nas cenas de violência, como tortura, ou estupros, que com frequência figuram em meus livros, prefiro sugerir a dar detalhes; assim prendo a imaginação do leitor).

Diz Willie, meu atual marido, que seria necessário um regimento para concretizar as minhas fantasias eróticas, mas isso é um exagero; minhas fantasias, assim como as cenas sensuais dos meus romances, são recorrentes e simples, nada de perversões, *de múltiplos participantes nem de auxílios mecânicos ou eletrônicos. Faltou-me oportunidade para experimentar as novas tendências, como o sexo tântrico, que ficou na moda. Não consegui convencer Willie a tomarmos umas aulas: ele disse que está muito velho para se pendurar no lustre. Expliquei que não se trata de exercício aeróbico, mas sim de recorrer a incenso, música de cítara, penas de pavão e óleo aromático, mas isso o interessou ainda menos do que o lustre.*

Nessa noite, a vida de Pedro de Valdivia e a minha se definiram. Tínhamos andado em círculos por anos, procurando-nos às cegas, até nos encontrarmos por fim no pátio dessa casinha na rua do Templo das Virgens. Agradecida, convidei-o a entrar em minha modesta sala, enquanto Catalina ia buscar um copo de vinho, que em minha casa não faltava, para confortá-lo. Antes de esfumar-se no ar, como era seu costume, Catalina me fez um sinal pelas costas de meu hóspede — e assim eu soube que se tratava do homem que ela havia vislumbrado em suas conchinhas de adivinhação. Surpresa, porque nunca imaginei que a sorte me destinaria a alguém tão importante como Valdivia, tratei de estudá-lo dos pés à cabeça à luz amarela do lampião. Gostei do que vi: olhos azuis como o céu da Extremadura, feições viris, rosto aberto embora severo, fornido, bom porte de guerreiro, mãos endurecidas pela espada, mas de dedos longos e elegantes. Um homem inteiro, como ele, sem dúvida era um luxo nas Índias, onde há tantos marcados por horrendas cicatrizes ou carentes de olhos, narizes e até membros. E o que ele viu? Uma mulher magra, de estatura mediana, com o cabelo solto e desfeito, olhos castanhos, sobrancelhas grossas, descalça, coberta por uma camisola de tecido ordinário. Mudos, nos olhamos durante uma eternidade sem poder afastar os olhos. Embora a noite estivesse fria, a pele me queimava e um fio de suor me corria pelas costas. Sei que ele era sacudido pela mesma tormenta, porque o ar da sala se tornou denso. Catalina surgiu do nada com o vinho, mas ao perceber o que acontecia, desapareceu para nos deixar sós.

Depois Pedro me confessaria que nessa noite não tomou a iniciativa de fazer amor porque necessitava de tempo para se acalmar e pensar. "Ao ver você senti medo pela primeira vez em minha vida", me diria muito mais tarde. Não era homem de amantes nem concubinas, não se conheciam seus casos e nunca teve relações com índias, embora, suponho, alguma vez as teve com mulheres de aluguel. À sua maneira, havia sido sempre fiel à Marina Ortiz de Gaete, com quem estava em falta, porque a fez se apaixonar aos treze anos, não a fez feliz e a abandonou para se lançar à aventura das Índias. Sentia-se responsável por ela diante de Deus. Mas eu era livre e, mesmo que Pedro tivesse meia dúzia de esposas, o teria amado do mesmo jeito, era inevitável. Ele tinha quase quarenta anos e eu em torno de trinta, nenhum dos dois podia perder tempo, por isso me dispus a conduzir as coisas pela devida trilha.

Como nos abraçamos tão cedo? Quem esticou a mão primeiro? Quem buscou os lábios do outro para o beijo? Certamente fui eu. Assim que pude usar a voz para romper o silêncio carregado de intenções em que nos olhávamos, lhe anunciei sem preâmbulos que o estava aguardando desde muito tempo, porque o havia visto em sonhos e nas contas e conchas de adivinhar, que estava disposta a amá-lo para sempre e outras promessas, sem ocultar nada e sem pudor. Pedro retrocedeu, rígido, pálido, até dar com as costas contra a parede. Que mulher sensata fala assim a um desconhecido? No entanto, ele não pensou que eu tivesse perdido o juízo ou que fosse uma puta solta em Cuzco, porque ele também sentia nos ossos e nas cavernas da alma a certeza de que havíamos nascido para nos amar. Exalou um suspiro, quase um soluço, e murmurou com a voz quebrada: "Também sempre esperei por você", parece que me disse. Ou talvez não tenha dito. Suponho que no transcurso da vida embelezamos algumas lembranças e procuramos esquecer outras. Do que estou certa é que nessa mesma noite nos amamos e desde o primeiro abraço nos consumiu o mesmo ardor.

Pedro de Valdivia havia se formado no fragor da guerra, nada sabia de amor, mas estava pronto para recebê-lo quando este chegou. Levantou-me nos braços e me levou para minha cama em quatro longos passos, onde caímos, ele por cima de mim, beijando-me, mordendo-me, enquanto se desprendia do gibão, das calças, das botas, das meias, desesperado, aos safanões, com os brios de um rapaz. Deixei-o fazer o que quis, para que se desafogasse; quanto tempo havia passado sem mulher? Apertei-o contra meu peito, sentindo as pulsações de seu coração, seu calor animal, seu cheiro de homem. Pedro tinha muito que aprender, mas não havia pressa, contávamos com o resto de nossas vidas e eu era boa professora, ao menos isso podia agradecer a Juan de Málaga. Quando Pedro compreendeu que a portas fechadas eu é que mandava e que não havia desonra nisso, se dispôs a me obedecer de excelente humor. Isto demorou algum tempo, digamos quatro ou cinco horas, porque ele achava que a entrega corresponde à fêmea, e a dominação, ao macho; assim tinha visto nos animais e aprendido em seu ofício de soldado, mas não foi em vão que Juan de Málaga havia passado anos me ensinando a conhecer meu corpo e o dos homens. Não afirmo que todos sejam iguais, mas se parecem bastante, e com um mínimo de intuição qualquer mulher pode contentá-los. O contrário é que não é a mesma coisa; poucos homens sabem satisfazer uma mulher e menos ainda são os que estão interessados em fazê-lo. Pedro teve a inteligência de deixar sua espada do outro lado da porta e se render a mim. Os detalhes dessa primeira noite não importam muito, basta dizer que ambos descobrimos o amor verdadeiro, porque até esse momento não havíamos experimentado a fusão do corpo e da alma. Minha relação com Juan foi carnal, e a de Pedro com Marina, espiritual; a nossa foi completa.

Valdivia permaneceu trancado em minha casa durante dois dias. Nesse tempo não se abriram os postigos, ninguém fez empadas, as índias andaram caladas e na ponta dos pés, e Catalina deu um jeito de alimentar os mendigos com sopa de milho. A fiel mulher nos trazia vinho e comida até a cama; também preparou uma tina com água quente para que nos lavássemos, costume peruano que ela havia me ensinado. Como todo espanhol de origem, Pedro achava que o banho é perigoso, produz enfraquecimento dos pulmões e afina o sangue, mas lhe garanti que as pessoas do Peru tomavam banho diariamente e ninguém tinha os pulmões débeis nem o sangue aguado. Esses dois dias se foram num suspiro, contando-nos o passado e amando-nos num ardente torvelinho, uma entrega que nunca conseguia ser suficiente, um desejo demente de nos fundir um no outro, morrer e morrer, "Ai, Pedro!", "Ai, Inés!". Desmoronávamos juntos, ficávamos com pernas e braços enlaçados, exaustos, banhados no mesmo suor, falando em sussurros. Logo renascia o desejo com mais intensidade entre os lençóis molhados; o cheiro de homem — ferro, vinho e cavalo —, o cheiro de mulher — cozinha, fumaça e mar —, perfume de ambos, único e inesquecível, hálito de selva, caldo espesso. Aprendemos a nos elevar ao céu e a gemer juntos, feridos pelo mesmo látego, que nos surpreendia à beira da morte e por último nos mergulhava numa letargia profunda. Muitas vezes acordávamos prontos para inventar de novo o amor, até que chegou a manhã do terceiro dia, com seu alvoroço de galos e o aroma do pão. Então Pedro, transformado, pediu sua roupa e sua espada.

(De *Inés da minha alma*)

Conhecera Violette uns dois anos antes, num domingo, em pleno mercado em meio à gritaria dos vendedores e ao aglomerado de pessoas e animais, onde, num teatro miserável com apenas um cenário coberto com um toldo de panos roxos, se exibia um sujeito de bigodes enormes e tatuado de arabescos, enquanto um menino anunciava aos gritos suas virtudes como o mais portentoso mágico de Samarcanda. Aquele patético espetáculo não teria atraído o capitão, não fosse a luminosa presença de Violette. Quando o mágico solicitou um voluntário do público, ela abriu passagem entre os curiosos e subiu ao palco com entusiasmo infantil, rindo e saudando com seu leque. Acabara de completar quinze anos, mas já tinha o corpo e a atitude de uma mulher experiente, como costumava acontecer naquele clima onde as meninas, como as frutas, amadureciam precocemente. Obedecendo às instruções do ilusionista, Violette se encolheu dentro de um baú pintado com símbolos egípcios. O pregoeiro, um negrinho de dez anos fantasiado de turco, fechou a tampa com dois cadeados maciços, e outro espectador foi chamado para comprovar sua firmeza. O mágico de Samarcanda fez alguns passes com sua capa e, em seguida, entregou duas chaves ao voluntário para abrir os cadeados. Ao levantar a tampa do baú, viu-se que a garota já não estava dentro, porém, momentos depois, um rufar de tambores do negrinho anunciou sua prodigiosa aparição atrás do público. Todos se viraram para admirar, boquiabertos, a garota que havia se materializado do nada e se abanava com uma das pernas sobre um barril.

À primeira vista, Étienne Relais soube que não poderia arrancar de sua alma aquela garota de seda e mel. Sentiu que alguma coisa explodia em seu corpo, que a boca secava, e perdeu completamente o senso de orientação. Precisou fazer um esforço para voltar à realidade e se dar conta de que estava no mercado rodeado de gente. Tentando se controlar, aspirou fundo a umidade do meio-dia e o fedor de peixes e carnes fustigados pelo sol, fruta podre, lixo e merda de animais. E mesmo não sabendo o nome daquela bela jovem achou que não seria difícil descobrir. Deduziu que não era casada, porque nenhum marido permitiria que se expusesse com tanta desenvoltura. Era tão esplêndida que todos os olhos estavam cravados nela, de modo que ninguém, afora Relais, treinado para observar até o mínimo detalhe, prestou atenção ao truque do ilusionista. Em outras circunstâncias, talvez tivesse desmascarado o fundo duplo do baú e a trapaça no palco, por pura ânsia de precisão, mas imaginou que a garota participava como cúmplice do mágico e preferiu evitar-lhe um constrangimento. Não ficou para ver o cigano tatuado tirar um macaco da garrafa e nem para vê-lo decapitar um voluntário, como anunciava o menino. Afastou a multidão a cotoveladas e partiu atrás da jovem, que se distanciava depressa e de braços dados com um homem fardado, provavelmente um soldado do seu regimento. Não conseguiu alcançá-la por ter sido detido bruscamente por uma negra de braços musculosos e cobertos de pulseiras ordinárias, que se plantou na sua frente e o advertiu de que entrasse na fila, porque ele não era o único interessado em sua patroa, Violette Boisier. Ao ver a expressão desconcertada do capitão, inclinou-se para lhe sussurrar ao ouvido o valor necessário para que ela o colocasse em primeiro lugar entre os clientes da semana. Foi assim que soube que estava inevitavelmente apaixonado por uma daquelas cortesãs que davam fama a Le Cap.

Relais se apresentou no apartamento de Violette Boisier, pela primeira vez, tenso dentro de seu uniforme recém-passado, com uma garrafa de champanhe e um presente modesto. Depositou o pagamento onde Loula lhe indicou e se dispôs a apostar a própria vida em duas horas. Loula desapareceu discretamente e ele ficou sozinho, suando e levemente enjoado no ar quente e adocicado pelas mangas maduras que descansavam num prato. Violette não se fez esperar mais que dois minutos. Entrou deslizando silenciosa e lhe estendeu as duas mãos, enquanto o estudava com as pálpebras semicerradas e um sorriso vago. Relais pegou aquelas mãos longas e finas entre as suas, ansioso por saber qual seria o próximo passo. Ela então se desprendeu, acariciou-lhe o rosto, lisonjeada por ele ter se barbeado para ela, e lhe indicou que abrisse a garrafa. A rolha saltou e a espuma do champanhe transbordou com a pressão antes que ela conseguisse levar a taça até ele, molhando-lhe o pulso. Passou os dedos úmidos pelo pescoço, e Relais sentiu vontade de lamber as gotas que brilhavam naquela pele perfeita, mas estava imobilizado em seu lugar, desprovido de coragem. Ela serviu a taça e a depositou, sem prová-la, na mesinha perto do divã. Depois se aproximou e, com dedos experientes, desabotoou-lhe a grossa casaca do uniforme. "Tire-a, está fazendo muito calor. E tire as botas também", disse, ao mesmo tempo que lhe alcançava um roupão chinês com garças pintadas. Mesmo o achando impróprio, ele o vestiu sobre a camisa, lutando com um emaranhado de mangas largas, e depois se sentou angustiado no divã. Tinha o costume de mandar, mas compreendeu que entre aquelas quatro paredes era Violette quem mandava. As frestas da persiana deixavam entrar o ruído da praça e o último raio do sol, que penetrava em lâminas verticais, iluminando a salinha. A jovem usava uma túnica de seda cor de esmeralda presa na cintura por um cordão dourado, sapatilhas turcas e um complicado turbante bordado com miçangas. Uma mecha de cabelo negro ondulado caía-lhe sobre o rosto. Violette tomou um gole de champanhe e lhe ofereceu a própria taça, que ele esvaziou sofregamente, como um náufrago. Ela tornou a enchê-la e a segurou pela haste delicada, esperando, até que ele a chamou para se sentar ao seu lado no divã. Essa foi a última iniciativa de Relais; a partir daquele momento, ela se encarregou de conduzir o encontro à sua maneira.

Violette havia aprendido a satisfazer seus amigos no tempo estipulado, sem dar a sensação de estar apressada. Tanta graça e submissão brincalhona naquele corpo de adolescente desarmaram Relais por completo. Ela desatou lentamente o longo pano do turbante, que caiu com o tilintar das miçangas no assoalho de madeira, e sacudiu a cascata escura de sua cabeleira sobre os ombros e as costas. Seus movimentos eram lânguidos, sem nenhuma afetação, com a leveza de uma dança. Seus seios ainda não haviam alcançado o tamanho definitivo, e seus mamilos levantavam a seda verde, como pedrinhas. Estava nua sob a túnica. Relais admirou aquele corpo de mulata, as pernas firmes de tornozelos finos, as nádegas e as coxas grossas, a cintura definida, os dedos elegantes, curvados para trás, sem anéis. Seu riso começava com um ronrom surdo no ventre e se elevava aos poucos, cristalino, escandaloso, a cabeça erguida, os cabelos vivos e o pescoço longo, palpitante. Violette cortou com uma faca de prata um pedaço de manga, pondo-o na boca com avidez, e o sumo lhe escorreu no decote, úmido de suor e champanhe. Com um dedo recolheu o líquido, uma gota ambarina e espessa, e a esfregou nos lábios de Relais, enquanto montava sobre suas pernas com a leveza de um felino. O rosto do homem ficou entre seus seios, que cheiravam a manga. Ela se inclinou, envolvendo-o em seus cabelos selvagens, beijou-o em cheio na boca e lhe passou com a língua um pedaço da fruta que havia mordido. Relais recebeu a polpa mastigada com um calafrio de surpresa; jamais experimentara nada tão íntimo, tão chocante e maravilhoso. Ela lhe lambeu o queixo, pegou sua cabeça com as duas mãos e o cobriu de beijos rápidos, como bicadas de pássaro, nas pálpebras, nas faces, nos lábios, no pescoço, brincando, rindo. O homem cingiu a cintura de Violette e, com mãos desesperadas, lhe arrebatou a túnica, revelando uma jovem esbelta e almiscarada, que se colava, se fundia, se desmanchava contra os ossos salientes e os músculos duros de seu corpo de soldado curtido em batalhas e privações. Quis levantá-la nos braços para conduzi-la à cama, que podia ver no cômodo contíguo, mas Violette não lhe deu tempo; suas mãos de odalisca abriram o roupão das garças e lhe baixaram a calça, enquanto seus opulentos quadris começaram a se remexer sabiamente sobre ele até encaixar seu membro pétreo com um profundo suspiro de alegria. Étienne Relais sentiu que mergulhava num pântano de deleite, sem memória nem vontade. Fechou os olhos, beijando aquela boca suculenta, saboreando o aroma da manga, enquanto percorria com suas mãos calejadas de soldado a suavidade impossível daquela pele e a abundante riqueza daqueles cabelos. Afundou-se nela, abandonando-se ao calor, ao sabor e ao perfume da jovem, com a sensação de que, por fim, havia encontrado seu lugar no mundo depois de tanto andar sozinho e à deriva. Em poucos minutos, explodiu como um adolescente aturdido, num gozo espasmódico, e soltou um grito de frustração por não ter dado prazer a ela, porque desejava, mais que tudo na vida, apaixoná-la. Violette esperou que terminasse, imóvel, molhada, ofegante, montada sobre ele, com o rosto enfiado em seu ombro, murmurando palavras incompreensíveis.

Relais não soube quanto tempo ficaram assim abraçados, até que voltou a respirar com normalidade e sentiu que se desfazia um pouco a densa bruma que o envolvia. Então se deu conta de que ainda estava dentro dela, contido por aqueles músculos elásticos que o massageavam ritmicamente, apertando e soltando. Chegou a se perguntar como aquela menina havia aprendido aquelas artes de cortesã experiente antes de se perder novamente no magma do desejo e na confusão do amor instantâneo. Quando Violette o sentiu firme novamente, contornou-lhe a cintura com as pernas, cruzou os pés em suas costas e lhe indicou com um gesto que fossem para o quarto ao lado. Relais a levou nos braços, sempre segura em seu membro, e caiu com ela na cama, onde puderam se divertir à vontade até bem tarde da noite, várias horas a mais do que o estipulado por Loula. A mulherona entrou umas duas vezes disposta a pôr fim àquele exagero, mas Violette, comovida ao ver que aquele militar ardente soluçava de amor, a dispensou sem mais explicações.

O amor, que ainda não havia conhecido, envolveu Étienne Relais como uma onda imensa, pura energia, sal e espuma. Calculou que não podia competir com os outros clientes da moça, mais bonitos, poderosos ou ricos, e por isso decidiu, ao amanhecer, oferecer a ela o que poucos homens brancos estariam dispostos a lhe dar: seu sobrenome. "Case-se comigo", pediu entre dois abraços. Violette se sentou de pernas cruzadas sobre a cama, com os cabelos úmidos grudados na pele, os olhos incandescentes, os lábios inchados pelos beijos. Iluminavam-nos os restos de três velas moribundas, que os haviam acompanhado em suas intermináveis acrobacias. "Não fui feita para esposa", respondeu ela, acrescentando que ainda não havia sangrado com os ciclos da lua e que, segundo Loula, já era tarde para isso, e que ela nunca poderia ter filhos. Relais sorriu, porque as crianças lhe pareciam um estorvo.

— Se me casasse com você, eu ficaria sempre sozinha enquanto você estivesse andando em suas campanhas. Não tenho lugar entre os brancos, e meus amigos me rejeitariam porque têm medo de você, dizem que você é sanguinário.

— Meu trabalho exige isso, Violette. Assim como o médico amputa um membro gangrenado, eu cumpro com a minha obrigação para evitar um mal maior, mas nunca machuquei alguém sem ter uma boa razão.

— Eu posso lhe dar todo tipo de boas razões. Não quero ter o mesmo destino de minha mãe.

— Nunca vai precisar ter medo de mim, Violette — disse Relais, pegando-a pelos ombros e olhando-a nos olhos por um longo tempo.

— Assim espero — suspirou ela, por fim.

— Vamos nos casar, eu lhe prometo.

— O que você ganha não dá para me manter. Com você, iria me faltar tudo: vestidos, perfumes, teatro e tempo para desperdiçar. Sou preguiçosa, capitão. Esta é a única forma que posso ganhar a vida sem estragar as mãos, e não vai me sobrar muito tempo mais.

— Quantos anos você tem?

— Poucos, mas esse ofício tem fôlego curto. Os homens se cansam das mesmas caras e das mesmas bundas. Tenho de tirar proveito da única coisa que tenho, como diz Loula.

(De *A ilha sob o mar*)

Os namorados experimentaram um por um os quartos abandonados e terminaram improvisando um ninho para seus amores furtivos nas profundezas do porão. Fazia vários anos que Alba não entrava ali e chegara a esquecer sua existência, mas, no momento em que abriu a porta e respirou o odor inconfundível, voltou a sentir a atração mágica de antes. Usaram os trastes, os caixotes, a edição do livro do tio Nicolás, os móveis e as antigas cortinas para improvisar um surpreendente quarto nupcial. No centro, montaram uma cama com vários colchões que cobriram com pedaços de veludo roído pelas traças. Dos baús extraíram tesouros incontáveis. Fizeram lençóis com cortinas velhas de adamascado cor de topázio, descosturaram o suntuoso vestido de renda de Chantilly que Clara usou no dia em que Barrabás morreu, para com ele fazer um mosquiteiro cor do tempo que os preservasse das aranhas que teciam seu bordado a partir do teto. Iluminavam-se com velas e ignoravam os pequenos roedores, o frio e aquele cheiro de além-túmulo. Andavam nus no crepúsculo eterno do porão, desafiando a umidade e as correntes de ar. Bebiam vinho branco em taças de cristal que Alba pegou na sala de jantar e faziam um minucioso inventário de seus corpos e das múltiplas possibilidades do prazer. Brincavam como crianças. Ela quase não reconhecia nesse jovem e doce amante, que ria e brincava numa eterna bacanal, o revolucionário ávido por justiça que aprendia, em segredo, o uso das armas de fogo e as estratégias revolucionárias. Alba inventava irresistíveis truques de sedução, e Miguel criava maravilhosas formas de amá-la. Estavam deslumbrados pela força de sua paixão, que era como um feitiço de insaciável sede. Não havia tempo e palavras suficientes para dizerem um ao outro seus pensamentos mais íntimos e suas recordações mais remotas, na ambiciosa intenção de se possuírem mútua, completa e absolutamente. Alba descuidou-se do violoncelo, exceto para tocá-lo nua sobre o leito de topázio, e assistia às aulas na universidade com o olhar perdido. Miguel também adiou sua tese e suas reuniões políticas, porque tinham necessidade de estar juntos a toda hora e, aproveitando qualquer descuido dos moradores da casa, deslizavam para o porão. Alba aprendeu a mentir e a dissimular. Pretextando ter de estudar à noite, deixou o quarto que partilhava com a mãe desde a morte de sua avó e instalou-se num do primeiro andar, que dava para o jardim, a fim de poder abrir a janela para Miguel e levá-lo, na ponta dos pés, ao longo da casa adormecida até seu espaço encantado; mas não só à noite se encontravam. A impaciência do amor era às vezes tão intolerável, que Miguel se arriscava a entrar durante o dia, arrastando-se pelo mato, como um gatuno, até a porta do porão, onde Alba o esperava com o coração apertado. Abraçavam-se com o desespero de uma despedida e abrigavam-se em seu refúgio, sufocados de cumplicidade.

Pela primeira vez na vida, Alba sentiu necessidade da beleza e lamentou que nenhuma das esplêndidas mulheres da família lhe tivesse legado seus atributos e que a única que o fez, a bela Rosa, só lhe dera o tom de algas marinhas ao cabelo, que, não sendo acompanhado do resto, mais parecia um erro de cabeleireiro. Quando Miguel adivinhou sua inquietação, levou-a pela mão até o grande espelho veneziano posto a um canto de sua câmara secreta, espanou a poeira do cristal trincado, acendeu todas as velas que tinham e as colocou em volta de Alba. Ela se olhou nos mil pedaços estilhaçados do espelho. Sua pele, iluminada pelas velas, tinha a cor irreal das figuras de cera. Miguel começou a acariciá-la, e, no caleidoscópio do espelho, ela viu seu rosto transformar-se e enfim aceitou que era a mais bela de todo o universo, porque se pôde ver com os olhos com que Miguel a olhava.

(De *A casa dos espíritos*)

Juan era um desses homens bonitos e alegres a que nenhuma mulher resiste no começo, mas que depois deseja que outra o tivesse levado, porque causam muito sofrimento. Não se dava ao trabalho de ser sedutor, como não se dava a nenhum outro, porque bastava sua presença de rufião fino para excitar as mulheres; desde os quatorze anos, idade em que começou a explorar seus encantos, viveu delas. Rindo, dizia que tinha perdido a conta dos homens a quem as mulheres haviam corneado por sua culpa e as ocasiões em que escapou na hora agá de um marido ciumento. "Mas isso acabou agora que estou com você, minha vida", acrescentava para me tranquilizar, enquanto, com o rabo do olho, espiava minha irmã. Sua postura e simpatia também ganhavam o apreço dos homens; era bom bebedor e jogador, e possuía um repertório infinito de histórias atrevidas e planos fantásticos para ganhar dinheiro fácil. Logo compreendi que sua mente estava fixa no horizonte e no amanhã, sempre insatisfeita. Como tantos outros naquela época, se nutria das histórias fabulosas do Novo Mundo, onde os maiores tesouros e honras se achavam ao alcance dos valentes que estavam dispostos a correr riscos. Achava que estava destinado a grandes façanhas, como Cristóvão Colombo, que se jogou ao mar com sua coragem como único capital e topou com a outra metade do mundo, ou Hernán Cortés, que obteve a pérola mais preciosa do império espanhol, o México.

— Dizem que tudo já foi descoberto nessas partes do mundo — argumentava eu, na ânsia de dissuadi-lo.

— Como é ignorante, mulher! Falta conquistar muito mais do que já foi conquistado. Do Panamá para o sul é terra virgem e tem mais riquezas que as de Solimão.

Seus planos me horrorizavam porque significavam que teríamos de nos separar. Além disso, tinha ouvido da boca de meu avô, que por sua vez sabia por comentários escutados nas tavernas, que os astecas do México faziam sacrifícios humanos. Formavam filas de uma légua de comprimento, milhares e milhares de infelizes prisioneiros esperavam sua vez para subir pelos degraus dos templos, onde os sacerdotes — espantalhos desgrenhados, cobertos por uma crosta de sangue seco e escorrendo sangue fresco — lhes arrancavam o coração com uma faca de obsidiana. Os corpos rolavam pelos degraus e se amontoavam embaixo; pilhas de carne em decomposição. A cidade se assentava num lago de sangue; as aves de rapina, fartas de carne humana, eram tão pesadas que não podiam voar, e os ratos carnívoros chegavam ao tamanho de cachorros pastores. Nenhum espanhol desconhecia estes fatos, mas isso não amedrontava Juan.

Enquanto eu bordava e cosia desde a madrugada até a meia-noite, poupando para nos casar, os dias de Juan transcorriam em tabernas e praças, seduzindo donzelas e prostitutas sem distinção, entretendo a freguesia e sonhando em embarcar para as Índias, único destino possível para um homem de sua envergadura, conforme garantia. Às vezes se perdia por semanas, inclusive meses, e regressava sem dar explicações. Aonde ia? Nunca disse. Como falava tanto de atravessar o mar, as pessoas zombavam dele e me chamavam de "namorada das Índias". Suportei sua conduta errática com mais paciência que a recomendável porque tinha o pensamento ofuscado e o corpo em brasas, como me acontece sempre com o amor. Juan me fazia rir, me divertia com canções e versos picarescos, me abrandava com beijos. Bastava ele me tocar para transformar meu choro em suspiros e minha zanga em desejo. Que complacente é o amor, que a tudo perdoa! Não esqueci a primeira vez que fizemos amor, entre os arbustos de um mato. Era verão e a terra palpitava, morna, fértil, com perfume de louro. Saímos de Plasencia separados, para evitar falatórios, e descemos o morro, deixando a cidade amuralhada para trás. Encontramo-nos no rio e corremos de mãos dadas para a vegetação mais espessa, em busca de um lugar longe do caminho. Juan juntou folhas para fazer um ninho, tirou o gibão, para que me sentasse em cima, e depois me ensinou sem pressa alguma as cerimônias do prazer. Havíamos levado azeitonas, pão e uma garrafa de vinho que eu tinha roubado do meu avô e que bebemos em sorvos travessos um da boca do outro. Beijos, vinho, riso, o calor que se desprendia da terra e nós apaixonados. Tirou-me a blusa e a camisa e me lambeu os seios; disse que eram como pêssegos, maduros e doces, embora me parecessem mais ameixas duras. E continuou me explorando com a língua até que achei que ia morrer de gozo e amor. Lembro que se estendeu de costas sobre as folhas e me fez montá-lo, despida, úmida de suor e desejo, porque quis que eu impusesse o ritmo de nossa dança. Assim, aos poucos e como que brincando, sem susto nem dor, terminei com minha virgindade. Num momento de êxtase, levantei os olhos para a abóbada verde do mato e, mais em cima, para o céu abrasador do verão, e gritei longamente de pura e simples alegria.

(De *Inés da minha alma*)

Crime

O ciúme

Sempre se fala de quanto uma mulher ama, mas raramente se menciona o quanto foi amada. Eu recebi muito amor. Nunca um homem me deixou, não é uma sorte incrível? Não tive de matar por ciúme ou por despeito.

(De *Vida e espírito*)

Precisei procurar com lupa exemplos de ciúme feminino em meus romances, porque há poucos. Os três que encontrei têm muito de voyeurismo: ela observa sem ser vista e, na mesma medida em que os outros gozam, ela sofre. Descartei a ideia de me referir aos ciúmes dos homens, porque os há de muitos tipos e com frequência não têm nada a ver com o amor, mas com o poder, a autoridade e o conceito de honra. A honra masculina costuma depender da virtude das mulheres; isso explica tantas formas de repressão que elas sofrem por culpa do ego de algum macho próximo, que parte do princípio de que nós fêmeas somos criaturas pouco evoluídas, carentes de um senso inato de moral e de que, sem a mão masculina firme – pai, marido, policial, autoridade religiosa –, facilmente nos desviamos da retidão. Essas criaturas inferiores podem levar os homens, seres superiores, ao mau caminho. A burca não foi inventada para proteger as mulheres da luxúria masculina, mas para proteger os homens da sedução feminina; elas pagam pela debilidade deles. Mas este não é o lugar apropriado para arrazoados feministas; voltemos ao ciúme. Admito que careço de experiência nesse assunto, porque, embora seja muito possessiva quando estou apaixonada, os homens que me couberam por destino, com uma só exceção, não me deram motivos de suspeita. Essa exceção foi bastante ridícula, como costumam ser as traições amorosas, mas a fúria, a humilhação e o despeito que senti não me saíram da lembrança e, na verdade, me serviram para escrever as cenas que vêm a seguir. Nessa ocasião, meu orgulho foi mais forte do que meu ciúme, cortei a relação de um só golpe e me curei do amor em quarenta e oito horas. Não sei por que essa traição me surpreendeu tanto, já que, se meu amante traía sua esposa comigo, o mais provável era que me traísse com outra.

As suspeitas começaram meses antes, mas eu as descartei, enojada de mim mesma; não podia aceitá-las sem pôr em evidência algo de mau em minha própria natureza. Repetia a mim mesma que tais conjecturas só podiam ser ideias diabólicas, que se enraizavam em meu cérebro e das quais brotavam como tumores mortais, ideias que eu devia combater sem piedade, mas o caruncho do rancor pôde mais do que os meus bons propósitos. Primeiro foram as fotografias da família que mostrei a Ivan Radovic. O que não foi evidente à primeira vista — pelo hábito de só vermos o que queremos ver, como dizia meu mestre Juan Ribero — saiu refletido em preto e branco no papel. A inequívoca linguagem do corpo, dos gestos e dos olhares, foi aparecendo ali. A partir daquelas primeiras suspeitas passei a recorrer cada vez mais à câmara; sob pretexto de fazer um álbum para dona Elvira toda hora colhia instantâneos da família, que em seguida revelava na privacidade do meu quarto escuro e estudava com perversa atenção. Assim cheguei a ter uma desgraçada coleção de minúsculas provas, algumas tão sutis, que só eu, envenenada pelo despeito, podia perceber. Com a câmara diante do rosto, como uma espécie de máscara que me fazia invisível, eu podia focalizar a cena e ao mesmo tempo manter um distanciamento glacial. Pelo final de abril, quando o calor diminuiu, os cumes dos vulcões se coroaram de nuvens e a natureza começou a recolher-se para o outono, os sinais revelados pelas fotografias me pareceram suficientes, e então comecei a odiosa tarefa de vigiar Diego, como qualquer esposa enciumada. Quando tomei consciência, finalmente, daquela garra que me apertava a garganta e pude chamá-la pelo nome que lhe dá o dicionário, senti que estava afundando em um pântano. Ciúmes. Quem não os sentiu não pode saber o quanto doem, nem imaginar as loucuras que são cometidas em seu nome. Em meus trinta anos de vida conheci tal sofrimento apenas naquela ocasião, mas a queimadura foi tão brutal, que as cicatrizes não chegaram a se fechar e espero que não se fechem nunca, para que sirvam como algo que se recorda a fim de se evitar no futuro. Diego não era meu — ninguém pode jamais pertencer a outro — e o fato de ser sua esposa não me dava direitos sobre ele ou seus sentimentos, o amor é um contrato livre, que se inicia com uma faísca e pode terminar do mesmo modo. Mil perigos o ameaçam, e se o casal o defende poderá salvar-se, mas isso ocorre apenas quando ambos participam. Diego nunca participou, nossa relação estava condenada desde o começo. Hoje o entendo, mas naquela época estava cega, inicialmente de pura raiva e depois de aflição.

Ao espioná-lo de relógio na mão, fui percebendo que as ausências de meu marido não coincidiam com suas explicações. Quando aparentemente havia saído para caçar com Eduardo, estava de volta muitas horas antes ou depois de seu irmão; quando os outros homens da família estavam na serraria ou marcando as reses a ferro, ele surgia repentinamente no pátio, e, mais tarde, se eu levantava o assunto na hora da refeição, ficava sabendo que não estivera com eles durante o dia todo; quando saía para fazer compras no povoado podia voltar sem nada, porque supostamente não havia encontrado o que queria, embora fosse algo tão banal quanto um machado ou um serrote. Durante as muitas horas que a família passava reunida, evitava a todo custo entrar na conversa, era sempre ele quem organizava as partidas de cartas ou pedia a Susana que cantasse. Se ela caía com uma de suas enxaquecas, ele se mostrava imediatamente aborrecido e saía a cavalo com a escopeta no ombro. Eu não podia segui-lo em suas excursões sem que ele notasse e sem levantar suspeitas na família, mas me mantive alerta para vigiá-lo quando estava perto. Notei, desse modo, que às vezes ele se levantava no meio da noite e não ia à cozinha comer algo, como eu pensava, mas se vestia, saía para o pátio, desaparecia por uma ou duas horas, e depois voltava silenciosamente para a cama. Segui-lo no escuro era mais fácil do que durante o dia, quando uma dúzia de olhos se voltavam para nós, tudo era questão de me manter acordada, evitando o vinho no jantar e as gotas noturnas de ópio. Uma noite, em meados de maio, notei que ele deslizava da cama e, à tênue luz da lâmpada de azeite que sempre mantínhamos acesa diante da Cruz, pude ver que vestia as calças e atava os cordões das botas, apanhava a camisa, o casaco, e saía. Esperei uns instantes, levantei-me depressa e o segui com o coração a ponto de rebentar no peito. Não podia vê-lo muito bem na casa mergulhada em sombras, mas quando saiu ao pátio sua silhueta se recortou claramente sob a luz da lua, que por alguns momentos se mostrava inteira lá no alto. O céu estava parcialmente coberto e de vez em quando as nuvens ocultavam a lua, envolvendo-nos na escuridão. Ouvi cães ladrando e pensei que, se eu chegasse mais perto deles, delatariam minha presença, mas ficaram onde estavam, e então compreendi que Diego os havia amarrado mais cedo. Meu marido deu a volta completa à casa e se dirigiu rapidamente para um dos estábulos, onde estavam os cavalos que a família montava, e que não eram usados para o trabalho do campo, retirou a tranca do portão e entrou. Fiquei à espera, protegida pela sombra densa de um olmo, a poucos metros da estrebaria, descalça e coberta apenas por uma fina camisola de dormir, sem coragem de dar mais um passo, convencida de que Diego reapareceria a cavalo e eu não poderia segui-lo. Sem que nada acontecesse, transcorreu um tempo que me pareceu muito longo. De repente vislumbrei uma luz pela brecha do portão aberto, talvez de uma vela, ou de uma pequena lâmpada de azeite. Meus dentes rangiam, eu tremia convulsivamente de frio e de medo. Estava a ponto de me dar por vencida e voltar para casa, quando vi outra figura que se aproximava, pelo lado do nascente — era óbvio que não vinha da casa-grande —, e também entrava no estábulo, fechando a porta atrás de si. Deixei passar quase um quarto de hora antes de me decidir, em seguida obriguei-me a dar alguns passos, estava entorpecida e mal podia me mover. Aproximei-me do estábulo, aterrorizada, sem saber como Diego reagiria se me descobrisse espionando-o, mas mesmo assim não pude recuar. Empurrei suavemente o portão, que cedeu sem resistência, porque a tranca era pelo lado de fora, não podia ser aferrolhado por dentro, e deslizei como um ladrão pela estreita abertura. Dentro estava escuro, mas no fundo crepitava uma pequenina luz, em cuja direção avancei, nas pontas dos pés, mal respirando, precauções aliás inúteis, pois a palha amortecia meus passos e vários animais estavam despertos, podia ouvi-los movimentando-se e resfolegando em suas baias.

Na tênue luz de um farol pendurado de uma viga, que oscilava ao sopro de uma brisa que coleava por entre as madeiras do telhado, eu os vi. Tinham estendido cobertores sobre um amontoado de palha, como um ninho, sobre o qual, vestida com um pesado abrigo desabotoado, ela estava estendida de costas, totalmente nua. Tinha os braços e as pernas abertos, a cabeça caída sobre um ombro, o cabelo negro cobrindo-lhe o rosto e sua pele brilhando como madeira vermelha na delicada claridade alaranjada do farol. Diego, coberto apenas pela camisa, estava ajoelhado diante dela e lambia seu sexo. Havia um absoluto abandono na atitude de Susana e uma contida paixão nos gestos de Diego, o que me fez compreender em um instante o quanto eu era alheia a tudo aquilo. Na verdade eu não existia, como não existiam Eduardo e os três meninos, ninguém mais, só eles dois, amando-se de modo inevitável. Jamais meu marido me havia acariciado daquela maneira. Era fácil compreender que eles tinham feito aquilo muitas vezes antes, que se amavam desde muito tempo; entendi, finalmente, que Diego tinha se casado comigo porque necessitava de um biombo para esconder seus amores com Susana.

Em um instante, as peças daquele penoso quebra-cabeça ocuparam seus lugares, soube a razão da sua indiferença para comigo, suas ausências, que coincidiam com as enxaquecas de Susana, sua relação tensa com o irmão Eduardo, a forma dissimulada de seu comportamento perante o resto da família e como ele ajeitava as coisas para estar sempre perto dela, tocando-a, os pés se roçando, a mão dele em seu cotovelo ou seu ombro, e às vezes, como se fosse por casualidade, em seu pescoço ou na parte descoberta de suas costas, sinais inconfundíveis que as fotos me haviam revelado. Lembrei-me de quanto Diego amava os meninos e me perguntei se eles eram realmente seus sobrinhos, se não eram seus filhos, os três de olhos azuis, a marca dos Domínguez. Permaneci imóvel, quase gelada, enquanto eles faziam amor voluptuosamente, saboreando cada toque, cada gemido, sem pressa, como se tivessem o resto da vida pela frente. Não pareciam um casal de amantes em precipitado encontro clandestino, mas um par de recém-casados na segunda semana de lua-de-mel, quando a paixão ainda está intacta, mas já existe a confiança e o conhecimento mútuo da carne. Eu jamais havia experimentado uma intimidade assim com meu marido, nem fora capaz de forjá-la nem mesmo nas minhas mais audaciosas fantasias. A língua de Diego percorria a parte interior das coxas de Susana, subindo a partir dos tornozelos, detendo-se no alto e baixando novamente, enquanto as mãos subiam acima de sua cintura e iam amassar seus seios redondos e opulentos, brincavam com os mamilos endurecidos e lustrosos como uvas. O corpo de Susana, brando e suave, estremecia e ondulava, era um peixe no rio, a cabeça girava de um lado para outro em uma espécie de desespero do prazer, o cabelo sempre cobrindo-lhe o rosto, os lábios abertos em um longo queixume, as mãos procurando Diego a fim de atraí-lo para a bela topografia de seu corpo, até que sua língua a fez estalar de gozo. Susana arqueou as costas em resposta ao prazer que lhe atravessava o corpo como um relâmpago e soltou um grito rouco que ele sufocou, esmagando sua boca contra a dela. Depois Diego susteve-a em seus braços, balançando-a, acariciando-a como se ela fosse um gato, sussurrando-lhe um rosário de palavras secretas, com uma delicadeza e uma ternura que nunca imaginara possíveis nele. Em certo momento ela sentou-se na palha, tirou o abrigo e começou a beijá-lo, primeiro na fronte, depois nas pálpebras, nas faces, longamente na boca, em seguida sua língua explorou travessamente as orelhas de Diego, delas saltando para o pomo-de-adão, roçando o pescoço, seus dentes bicando os mamilos viris, seus dedos enredados nos pelos do peito. Então foi a vez de ele abandonar-se às carícias; Diego estendeu-se de bruços sobre a manta e ela escarranchou-se em suas costas, mordendo-lhe a nuca e o pescoço, passeando por seus ombros com beijos breves e brincalhões, descendo até as nádegas, explorando-o, cheirando-o, saboreando-o e deixando um rastro de saliva em seu caminho. Diego virou-se e a boca de Susana envolveu seu pênis levantado e pulsante, em uma interminável faina de prazer, de dar e tomar na mais recôndita intimidade, até que ele não pôde mais resistir e se jogou sobre ela, penetrando-a, e juntos rolaram como lutadores, em um enredo de braços e pernas e beijos e arquejos e suspiros e expressões de amor que nunca eu tinha ouvido. Depois cochilaram em um cálido abraço, cobertos com as mantas e o abrigo de Susana, como um par de meninos inocentes. Recuei em silêncio e tratei de regressar à casa, enquanto o frio glacial da noite se apoderava inexorável de minha alma.

(De *Retrato em sépia*)

O feitiço do primo impregnou a casa e *A Pérola do Oriente*, espalhou-se pelo vilarejo e o vento o levou ainda mais longe. As moças apareciam no armazém a todo instante, sob os mais diversos pretextos. Diante dele, floresciam como frutos selvagens, estourando sob as saias curtas e as blusas justas, tão perfumadas, que após sua partida o recinto ficava saturado delas por muito tempo. Entravam em grupos de duas ou três, rindo e falando em cochichos, apoiavam-se no balcão de maneira a que os seios ficassem expostos, enquanto os traseiros se erguiam atrevidos sobre as pernas morenas. Esperavam-no na rua, convidavam-no a suas casas durante a tarde, iniciaram-no nas danças do Caribe.

Eu sentia uma impaciência permanente. Era a primeira vez que experimentava ciúmes, e esse sentimento aderido à minha pele dia e noite como uma mancha escura, uma sujeira impossível de tirar, chegou a ser de tal modo insuportável, que quando finalmente consegui livrar-me dele, também me tinha livrado definitivamente da ânsia de possuir outro e da tentação de pertencer a alguém. Kamal transtornou-me a mente desde o primeiro instante, deixando-me em carne viva, alternando o prazer absoluto de amá-lo e a dor atroz de amá-lo em vão. Eu o seguia por todo lado como uma sombra, servia-o, transformei-o no herói de minhas fantasias solitárias. Ele, no entanto, ignorava-me por completo. Tomei consciência de mim mesma, observava-me no espelho, apalpava o corpo, ensaiava penteados no silêncio da sesta, aplicava uma pitada de carmim nas faces e na boca, com cuidado para que ninguém percebesse. Kamal passava a meu lado sem me ver. Ele era o protagonista de todos os meus contos de amor. Já não me bastava o beijo final dos romances que lia para Zulema, comecei a viver noites tormentosas e ilusórias com ele. Tinha feito quinze anos e era virgem, mas se o cordão de sete nós, inventado pela Madrinha, também medisse as intenções, eu não me sairia airosamente da prova.

A existência de todos nós modificou-se, quando eu, Zulema e Kamal ficamos sozinhos, durante a primeira viagem de Riad Halabí. A patroa se curou como que por encanto de suas indisposições, despertando de um letargo de quase quarenta anos. Naqueles dias, levantava-se cedo e preparava o desjejum, vestia seus melhores trajes, enfeitava-se com todas as suas joias, penteava-se com o cabelo puxado para trás, preso à nuca em um meio rabo de cavalo, ficando o resto solto sobre os ombros. Eu nunca a vira tão bela. Kamal a evitava a princípio, diante dela permanecia com os olhos no chão e quase não lhe dirigia a palavra, passava o dia inteiro no armazém e, à noite, saía a perambular pelo vilarejo. Entretanto, logo lhe foi impossível fugir ao poder daquela mulher, à marca pesada de seu perfume, ao calor de sua proximidade, ao fascínio de sua voz. O ambiente se encheu de ânsias secretas, de presságios, de chamadas. Pressenti que à minha volta ocorria algo prodigioso do qual estava excluída, uma batalha privada entre eles dois, uma violenta luta de vontades. Kamal batia em retirada, abrindo trincheiras, defendido por séculos de tabus, em respeito às leis da hospitalidade e aos laços de sangue que o uniam a Riad Halabí. Zulema, ávida como uma flor carnívora, agitava as pétalas fragrantes, tentando atraí-lo à sua armadilha. Aquela mulher preguiçosa e mole, cuja vida transcorria estendida na cama, com compressas frias na testa, transformou-se em uma fêmea enorme e fatal, uma aranha pálida, tecendo incansável a sua teia. Eu desejei ser invisível.

Zulema sentava-se à sombra do pátio, pintando as unhas dos pés e mostrando as pernas grossas, até metade da coxa. Zulema fumava e, com a ponta da língua, acariciava em círculos a ponta do cigarro, os lábios úmidos. Zulema se movia e o vestido deslizava, descobrindo um ombro redondo que captava toda a luz do dia, com sua alvura impossível. Zulema comia uma fruta madura, e o suco amarelo salpicava-lhe um seio. Zulema brincava com seu cabelo azulado, cobrindo parte do rosto e fitando Kamal com olhos de huri.

O primo resistiu valentemente durante setenta e duas horas. A tensão foi-se acumulando, até que não pude mais suportá-la e temi que o ar explodisse em uma tempestade elétrica, reduzindo-nos a cinzas. No terceiro dia, Kamal trabalhou desde muito cedo, sem aparecer na casa momento algum, dando voltas inúteis pelo armazém, a fim de gastar as horas. Zulema o chamou para comer, mas ele disse que não tinha fome, e gastou mais uma hora fazendo a caixa. Esperou que todo o povoado se deitasse e que o céu estivesse negro, para finalmente fechar o armazém e, ao calcular que começara a novela do rádio, enfiar-se sigilosamente na cozinha, procurando os restos do jantar. Pela primeira vez em muitos meses, Zulema estava disposta a perder o capítulo daquela noite. A fim de despistá-lo, deixou o aparelho ligado e se postou para esperá-lo na penumbra do corredor. Vestira uma túnica bordada, estava nua por baixo e, ao erguer o braço, exibia a pele leitosa até a cintura. Dedicara a tarde a depilar-se, escovar o cabelo, passar cremes, maquilar-se. Tinha o corpo perfumado de patchuli e o hálito refrescado com alcaçuz, estava descalça e sem joias, preparada para o amor. Pude ver tudo, porque ela não me mandou para meu quarto, havia esquecido minha existência. Para Zulema, importavam apenas Kamal e a batalha que ia ganhar.

A mulher agarrou sua presa no pátio. O primo segurava meia banana e mastigava a outra metade, uma barba de dois dias sombreava-lhe o rosto e ele suava, porque fazia calor e aquela era a noite de sua derrota.

— Estou à sua espera — disse Zulema em espanhol, para evitar o vexame de dizê-lo em seu próprio idioma.

O rapaz parou, com a boca cheia e os olhos espantados. Ela se aproximou lentamente, tão inevitável como um fantasma, até ficar a poucos centímetros de distância. De repente, os grilos começaram a cricrilar, um som agudo e prolongado que me penetrou nos nervos, como a nota monocórdia de um instrumento oriental. Notei que minha patroa era meia cabeça mais alta e duas vezes mais pesada que o primo de seu marido. Quanto a Kamal, parecia ter-se encolhido para o tamanho de uma criança.

— Kamal... Kamal...

Seguiu-se um murmúrio de palavras na língua deles, enquanto um dedo da mulher tocava os lábios do homem, desenhando seu contorno com um toque muito leve.

Kamal gemeu, vencido, engoliu o que tinha na boca e deixou cair o restante da fruta. Zulema pegou-lhe a cabeça e o puxou para seu regaço, onde os grandes seios o devoraram com um burburinho de lava ardente. Ela o reteve ali, embalando-o como uma mãe embalaria o filho, até que ele se afastou e então se entreolharam, ofegantes, pesando e avaliando o risco. O desejo foi mais forte e seguiram, abraçados, para a cama de Riad Halabí. Eu os segui até lá, sem que minha presença os perturbasse. Acho que, realmente, tinha ficado invisível.

Agachei-me junto à porta, com a mente em branco. Não sentia emoção alguma, esqueci os ciúmes, como se tudo aquilo estivesse acontecendo em uma tarde do caminhão do cinema. De pé, junto à cama, Zulema o envolveu nos braços, beijando-o, até ele atinar em levantar as mãos e tomá-la pela cintura, respondendo à carícia com um soluço dorido. Ela lhe percorreu as pálpebras, pescoço e fronte com beijos rápidos, lambidas ansiosas e breves mordiscos, desabotoou-lhe a camisa e a tirou aos puxões. Por seu turno, ele procurou arrancar-lhe a túnica, mas enredou-se nas dobras e preferiu atirar-se aos seios de Zulema, através do decote. Sem parar de manuseá-lo, ela o rodeou, ficando às costas dele, e continuou a explorar-lhe o pescoço e os ombros, enquanto os dedos manipulavam o zíper e lhe desciam as calças. A poucos passos de distância, vi a masculinidade de Kamal apontando para mim sem subterfúgios, e pensei que ele era mais atraente sem as roupas, porque perdia aquela delicadeza quase feminina. Seu pequeno tamanho não parecia fragilidade, mas síntese, e tal como o nariz proeminente, que lhe moldava o rosto sem enfeá-lo, do mesmo modo seu sexo grande e escuro não lhe emprestava uma aparência bestial. Sobressaltada, esqueci de respirar durante quase um minuto e, quando o fiz, tinha um lamento atravessado na garganta. Ele estava diante de mim e nossos olhos encontraram-se por um instante, mas os de Kamal passaram ao longe, cegos.

Lá fora começou a cair uma chuva torrencial de verão, e o ruído da água e das trovoadas se somou ao canto agônico dos grilos. Zulema finalmente tirou a roupa e surgiu em toda a sua esplêndida fartura, como uma vênus de argamassa. O contraste entre aquela mulher roliça e o corpo esmirrado do rapaz me pareceu obsceno. Kamal empurrou-a para a cama e ela deu um grito, aprisionando-o com as pernas grossas e arranhando-lhe as costas. Ela se sacudiu algumas vezes e depois desmoronou com um queixume visceral, mas ela não se tinha preparado tanto, para encerrar aquilo em um minuto. Assim, tirou-o de cima de seu corpo, acomodou-o nos travesseiros e dedicou-se a reanimá-lo, sussurrando-lhe instruções em árabe, com tão bom resultado, que em pouco tempo o tinha bem-disposto. Então, Kamal abandonou-se, de olhos fechados, enquanto ela o acariciava até quase fazê-lo desfalecer, e por fim o cavalgou, cobrindo-o com sua opulência e com a dádiva de seu cabelo fazendo-o desaparecer por inteiro, tragando-o com suas areias movediças, devorando-o, espremendo-o até sua essência e conduzindo-o aos jardins de Alá, onde todas as odaliscas do Profeta comemoraram o fato. Depois descansaram em calma, abraçados como duas crianças, na confusão da chuva e dos grilos daquela noite, que se tornara quente como se fosse meio-dia.

Esperei que se aplacasse o estrépito de cavalos que sentia no peito, e saí dali, cambaleando. Fiquei parada no meio do pátio, a água escorrendo-me pelo cabelo e encharcando-me a roupa e a alma, enfebrecida, com um pressentimento de catástrofe. Pensei que enquanto pudéssemos ficar calados, seria como se nada houvesse acontecido. O que não se comenta quase não existe, o silêncio o vai apagando, até fazê-lo desaparecer. Entretanto, o odor do desejo se espargira pela casa, impregnando as paredes, as roupas e móveis, ocupava os aposentos, infiltrava-se pelas fendas, afetava a flora e a fauna, aquecia os rios subterrâneos, saturava o céu de Água Santa, era visível como um incêndio e seria impossível ocultá-lo. Fiquei sentada junto à fonte, debaixo da chuva.

(De *Eva Luna*)

Pela primeira vez desde que conseguia se lembrar, Férula sentia-se feliz. Estava mais perto de Clara do que jamais estivera de alguém, nem mesmo de sua mãe. Alguém menos original do que Clara acabaria se aborrecendo com os mimos excessivos e a constante preocupação de sua cunhada ou teria sucumbido a seu caráter dominador e meticuloso. Clara, porém, vivia em outro mundo. Férula detestava o momento em que o irmão retornava do campo e sua presença enchia toda a casa, rompendo a harmonia estabelecida durante sua ausência. Com ele em casa, ela devia pôr-se à sombra e ser mais prudente na forma de se dirigir aos empregados, bem como em relação às atenções que dedicava a Clara. Todas as noites, no momento em que o casal se recolhia a seus aposentos, sentia-se invadida por um ódio desconhecido, que não sabia explicar e lhe incutia na alma sentimentos funestos. Para se distrair retomava o vício de rezar o terço nos asilos e confessar-se ao padre Antônio.

— Ave Maria Puríssima.

— Concebida sem pecado.

— Estou ouvindo, filha.

— Padre, não sei como começar. Creio que é pecado o que fiz...

— Da carne, filha?

— Ai! A carne está seca, padre, mas o espírito não. O demônio me atormenta.

— A misericórdia de Deus é infinita.

— Não conhece os pensamentos que podem existir na mente de uma mulher sozinha, padre, uma virgem que não conheceu homem; não por falta de oportunidades, mas porque Deus mandou uma longa doença à minha mãe e tive que cuidar dela.

— Esse sacrifício está registrado no Céu, minha filha.

— Mesmo com pecado de pensamento, padre?

— Bom, depende do pensamento...

— À noite não consigo dormir e sufoco. Para me acalmar, levanto-me e caminho pelo jardim, arrasto-me pela casa, vou ao quarto de minha cunhada, encosto o ouvido à porta, às vezes entro na ponta dos pés para vê-la dormindo, parece um anjo, tenho a tentação de deitar-me a seu lado para sentir o calor de sua pele e seu hálito.

— Reze, filha. A oração ajuda.

— Espere, não lhe disse tudo. Tenho vergonha.

— Não deve ter vergonha de mim, porque sou apenas um instrumento de Deus.

— Quando meu irmão vem do campo é muito pior, padre. De nada me serve a oração, não consigo dormir, transpiro, tremo, por fim levanto-me e atravesso toda a casa às escuras, deslizando devagarinho com muito cuidado para o assoalho não ranger. Ouço-os através da porta do quarto e uma vez pude até vê-los, porque a porta ficara entreaberta. Não lhe posso contar o que vi, padre, mas deve ser um pecado terrível. Não é culpa de Clara, ela é inocente como uma criança. É meu irmão que a leva a isso. Ele será condenado, sem dúvida.

— Só Deus pode julgar e condenar, minha filha. O que faziam eles?

Então Férula podia passar uma boa meia hora contando os pormenores. Era uma narradora virtuosa, sabia introduzir as pausas, controlar a entonação, explicar sem gestos, pintando um quadro tão vivo, que o ouvinte experimentava a impressão de vê-lo de fato, era incrível como havia percebido pela porta entreaberta a qualidade dos estremecimentos, a abundância dos orgasmos, as palavras murmuradas ao ouvido, os cheiros mais secretos, um verdadeiro prodígio.

(De *A casa dos espíritos*)

AMORES
CONTRARIADOS

Amores contrariados

O amor, como a sorte, chega quando não o chamam, nos instala na confusão e se esfuma como névoa quando tentamos retê-lo. Portanto, sob o ponto de vista de seu valor estimulante, ele é luxo de uns poucos afortunados, mas inalcançável para os que não foram feridos pelo seu dardo.

(De Afrodite)

Neste caso, por "contrariados" me refiro às relações com pouco ou nenhum futuro. Os amores frustrados são a matéria-prima da literatura romântica e das telenovelas. Talvez por isso não me agradem, mas, à minha revelia, às vezes me vêm à cabeça. Se eu fosse organizada para escrever, faria um roteiro antes de começar e assim teria um mapa dos caminhos a percorrer, mas meu cérebro anda em círculos e espirais, não sou capaz de imaginar um roteiro linear e muito menos de segui-lo. A única exceção foi Zorro, porque tive de submeter um plano do romance aos donos do famoso mascarado, Zorro Productions, os quais naturalmente queriam se assegurar de que o caráter do herói fosse respeitado; eu não poderia transformá-lo em vilão ou vesti-lo de cor-de-rosa. Ao começar um romance, conto somente com uma ideia vaga do lugar e da época em que sucederão os fatos, mais nada; por isso, não é raro que tenha surpresas e dê alguns tropeções. Parece-me que entro numa caverna escura com uma vela na mão e vou alumiando os cantos, dia após dia, palavra por palavra, até descobrir os personagens que esperam na sombra para me contar suas vidas. Com três ou quatro semanas de trabalho, esses personagens já são indivíduos com suas próprias características, suas manias e seus propósitos, que nem sempre combinam com os meus. Mais de uma vez me aconteceu que o namorado da minha heroína, que nos capítulos iniciais era maravilhoso, se revelou um tipo limitado, incapaz de amá-la como ela merece. Se eu não o quereria para mim, como poderia impô-lo à minha protagonista? Devo me desfazer dele e procurar outro que o substitua, como me ocorreu com Huberto Naranjo em Eva Luna, *Joaquín Andieta em* Filha da fortuna, *Diego Domínguez em* Retrato em sépia *e vários mais. Outras vezes, não é que o amante seja inadequado, mas as circunstâncias não se prestam a uma relação duradoura.*

No conto "O mais esquecido do esquecimento", *que figura neste capítulo, há uma frase que eu gostaria de mudar, mas, depois que algo é publicado, já não é possível se retratar. A moça do conto diz que "o medo é mais forte do que o desejo, o amor, o ódio, a culpa, a raiva, mais forte do que a lealdade." Escrevi esse conto em 1987, pensando no terror imposto pela ditadura militar no Chile, mas com o passar dos anos, e especialmente com a morte da minha filha Paula, aprendi que o sentimento mais poderoso não é o medo, mas o amor.*

A seu chamado apareceu uma mulher enfiada num vestido de cetim preto tão apertado, que mal continha a exuberância de sua feminilidade. Tinha o cabelo puxado sobre uma orelha, penteado que eu sempre detestei, e, à sua passagem, deixava flutuando no ar um terrível perfume almiscarado, tão persistente quanto um gemido.

— Fico feliz em vê-lo, patrão — cumprimentou-me, e, então, eu a reconheci, porque a voz era a única coisa que não havia mudado em Tránsito Soto. Levou-me pela mão a um quarto fechado como um túmulo, com as janelas ocultadas por cortinas escuras, onde não havia penetrado um raio de luz natural desde tempos ignotos, mas que, de qualquer modo, parecia um palácio se comparado às sórdidas instalações do Farolito Rojo. Ali, tirei pessoalmente o vestido de cetim preto de Tránsito, desarrumei seu horrendo penteado e pude ver que nesses anos tinha crescido, engordado e envelhecido.

— Vejo que prosperou muito — disse-lhe.

— Graças ao seus 50 pesos, patrão. Serviram-me para começar — respondeu-me. — Agora posso devolvê-los reajustados, porque, com a inflação, já não valem o que valiam antes.

— Prefiro que me deva um favor, Tránsito! — disse-lhe rindo.

Acabei de lhe tirar as anáguas e constatei que não existia quase nada da mocinha delgada, com joelhos e cotovelos salientes, que trabalhava no Farolito Rojo, exceto a incansável disposição para a sensualidade e a voz de pássaro rouco. Seu corpo fora depilado, e sua pele friccionada com limão e mel de hamamélis, como me explicou, até ficar suave e branca como a de uma criança. Tinha as unhas pintadas de vermelho e uma serpente tatuada em torno do umbigo, que conseguia mover em círculos enquanto mantinha em perfeita imobilidade o resto do corpo. Enquanto demonstrava sua habilidade para ondular a serpente, contou-me sua vida.

— Se tivesse ficado no Farolito Rojo, o que teria sido de mim, patrão? Já não teria dentes, seria uma velha. Esta profissão é muito desgastante, temos que nos cuidar. E olhe que eu não trabalho na rua! Jamais gostei, é muito perigoso. Na rua é preciso ter um rufião ou corre-se muito risco. Ninguém nos respeita. Mas por que dar a um homem o que custa tanto ganhar? Nesse sentido as mulheres são muito estúpidas. São filhas da necessidade. Precisam de um homem para se sentir seguras e não se dão conta de que a única coisa que há a temer são os próprios homens. Não sabem administrar-se e precisam sacrificar-se por alguém. As putas são as piores, patrão, acredite. Passam a vida trabalhando para um cafetão, alegram-se quando ele as surra, sentem-se orgulhosas de vê-lo bem-vestido, com dentes de ouro, com anéis, e, quando ele as deixa ou vai com outra mais nova, perdoam-lhe porque "é homem". Não, patrão, eu não sou assim. Nunca fui mantida por ninguém; por isso, nem que ficasse louca eu manteria fosse quem fosse. Trabalho para mim, e o que ganho gasto como eu quero. Custou-me muito, não pense que foi fácil, porque as donas dos prostíbulos não gostam de lidar com mulheres, preferem entender-se com os rufiões. Não ajudam nenhuma de nós. Não têm consideração.

— Mas parece que aqui a apreciam, Tránsito. Disseram-me que você é a melhor da casa.

— E sou. Mas este negócio iria por água abaixo se não fosse eu, que trabalho como um burro — disse ela. — As outras já estão como esfregões, patrão. Aqui só vêm velhos, já não é como antes. É preciso modernizar essa questão, para atrair os funcionários públicos, que não têm nada para fazer ao meio-dia, a juventude, os estudantes. É preciso ampliar as instalações, dar mais alegria ao local e limpar. Limpar a fundo! Assim a clientela teria confiança e não ficaria imaginando que pode pegar uma doença venérea, não é verdade? Isto é uma porcaria. Não limpam nunca. Olhe, levante o tapete, e tenho certeza de que lhe salta um percevejo. Já disse tudo isso à *madame*, mas ela não me dá atenção. Não tem tino para o negócio.

— E você tem?

— Claro, patrão! Tenho um milhão de ideias para melhorar o Cristóbal Colón. Esta profissão me entusiasma! Não sou como essas que só se queixam e culpam a má sorte quando algo vai mal. Não vê aonde cheguei? Já sou a melhor. Se me empenhar, posso ter a melhor casa do país, garanto-lhe.

Eu estava me divertindo muito. Sabia apreciá-la, porque, de tanto ver a ambição no espelho quando fazia a barba pela manhã, tinha aprendido a reconhecê-la quando a via nos outros.

— Parece-me uma excelente ideia, Tránsito. Por que não montar seu próprio negócio? Eu entro com o capital — ofereci-lhe, fascinado com a ideia de ampliar meus interesses comerciais nessa direção. Deveria estar muito bêbado!

— Não, obrigada, patrão — respondeu Tránsito acariciando sua serpente com a unha esmaltada. — Não me convém sair de um capitalista para cair em outro. O que é preciso fazer é uma cooperativa e mandar a *madame* para o caralho. Não ouviu falar nisso? Tenha cuidado; se seus empregados formam uma cooperativa no campo, você está fodido. O que eu quero é uma cooperativa de putas. Podem ser putas e bichas, para dar mais amplitude ao negócio. E nós mesmas entramos com tudo, o capital e o trabalho. Para que vamos querer um patrão?

Fizemos amor de maneira violenta e feroz, que eu quase tinha esquecido de tanto navegar no veleiro de águas mansas da seda azul. Naquela desordem de travesseiros e lençóis, estreitados no cego nó do desejo, enroscando-nos até desfalecer, voltei a sentir-me com 20 anos, contente por ter nos braços essa fêmea brava e escura que não se desfazia em fiapos quando a montavam, uma égua forte que se podia cavalgar sem contemplações, sem que as mãos nos ficassem pesadas, a voz muito dura, os pés muito grandes ou a barba muito áspera, uma pessoa comum, que resiste a uma enfiada de palavrões ao ouvido e não precisa ser embalada com ternuras nem enganada com galanteios. Depois, entorpecido e feliz, descansei um pouco a seu lado, admirando-lhe a curva sólida das ancas e o tremor da serpente.

— Voltaremos a nos ver, Tránsito — disse, entregando-lhe a gratificação.

— Eu já lhe disse isso antes, patrão, recorda-se? — respondeu-me com um último vaivém da serpente. Na realidade, não tinha a intenção de tornar a vê-la. Preferia esquecê-la.

Não teria mencionado esse episódio se Tránsito não houvesse desempenhado um papel tão importante para mim muito tempo depois, porque, como já disse, não sou homem de prostitutas. Mas esta história não poderia ter sido escrita se ela não tivesse intervindo para nos salvar e salvar, ao mesmo tempo, nossas recordações.

(De *A casa dos espíritos*)

Huberto Naranjo surgiu de repente em minha vida, para esfumar-se horas depois, sem esclarecer os motivos, deixando-me um rastro de selva, lama e pólvora. Comecei a viver para esperá-lo e, nessa longa paciência, recriei muitas vezes a tarde do primeiro abraço, quando após partilharmos um café quase em silêncio, fitando-nos com apaixonada determinação, fomos de mãos dadas para um hotel, rolamos juntos sobre a cama e ele confessou que nunca me quisera como irmã, que em todos aqueles anos não deixara de pensar em mim.

— Beije-me, não devo amar ninguém, mas tampouco posso deixá-la, beije-me outra vez — sussurrou, abraçando-me. Depois ficou com os olhos duros, encharcados de suor, tremendo.

— Onde é que você mora? Como vou saber de você?

— Não me procure, eu voltarei quando puder — disse ele, e tornou a apertar-me como enlouquecido, com ânsia, desajeitadamente.

Não tive notícias dele por algum tempo, e Mimi opinou que era o resultado de ceder na primeira saída, era preciso fazer-se desejada, quantas vezes já não lhe disse isso? Os homens fazem tudo para levar uma mulher para a cama e nos desprezam quando o conseguem. Ele agora a considera fácil, pode esperar sentada, porque não vai voltar. Contudo, Huberto Naranjo tornou a aparecer, abordou-me na rua e fomos de novo para o hotel, tornamos a amar-nos da mesma forma. A partir de então, tive o pressentimento de que ele sempre voltaria, mesmo que a cada oportunidade insinuasse ser aquela a última vez. Entrou em minha vida envolto em um hálito de segredo, trazendo consigo algo heroico e terrível. Começou a inflamar minha imaginação, e acho que por isso conformei-me a amá-lo em condições tão precárias.

— Você nada sabe dele. Vai ver, está casado e tem meia dúzia de filhos — resmungava Mimi.

— Você tem a mente estragada pelos folhetins. Nem todos são como o vilão de telenovela.

— Sei o que estou dizendo. Fui criada para ser homem, frequentei um colégio masculino, brinquei com eles, acompanhei-os aos estádios e bares. Entendo do assunto muito mais do que você. Não sei como será em outras partes do mundo, mas aqui não se pode confiar em homem nenhum.

As visitas de Huberto não seguiam um padrão previsível e suas ausências podiam prolongar-se por duas semanas ou vários meses. Não me telefonava, não escrevia, não mandava recados e de repente, quando eu menos esperava, interceptava-me na rua, como se conhecesse todos os meus passos e estivesse oculto na sombra. Sempre parecia uma pessoa diferente, às vezes de bigode, em outras com barba ou o cabelo penteado de outra maneira, como se andasse disfarçado. Isso me assustava, mas também atraía, dava-me a impressão de amar vários homens ao mesmo tempo. Sonhava com um lugar só para nós, desejava cozinhar sua comida, lavar sua roupa, dormir com ele a cada noite, andar pelas ruas sem rumo certo, de mãos dadas como esposos. Sabia que ele estava faminto de amor, de ternura, de justiça, de alegria, de tudo. Apertava-me como se quisesse saciar uma sede de séculos, murmurava meu nome e, de repente, seus olhos enchiam-se de lágrimas.

(De *Eva Luna*)

Deixe a cortina aberta, quero ver você, mentiu-lhe, porque não se atreveu a confiar-lhe o terror da noite, quando o venciam de novo a sede, a atadura apertada na cabeça como uma coroa de espinhos, as visões de cavernas e o assalto de tantos fantasmas. Não podia falar-lhe sobre isso, porque uma coisa leva a outra e acaba por se dizer o que nunca se disse. Ela voltou para a cama, acariciou-o sem entusiasmo, passou-lhe os dedos pelas estranhas marcas, explorando-as. Não se preocupe, não é nada contagioso, são só cicatrizes, riu ele quase num soluço. A moça percebeu seu tom angustiado e deteve-se, o gesto suspenso, alerta. Nesse momento, ele deveria ter dito que aquilo não era o começo de um novo amor, nem sequer de uma paixão passageira, era apenas um instante de trégua, um breve momento de inocência, e que dentro em pouco, quando ela adormecesse, ir-se-ia embora; deveria ter dito que não haveria planos para eles, nem telefonemas furtivos, não passeariam juntos outra vez de mãos dadas pelas ruas, nem partilhariam jogos de amantes, mas não conseguiu falar, a voz ficou presa ao ventre, como uma garra. Soube que se afundava. Quis segurar a realidade que lhe fugia, ancorar o espírito em qualquer coisa, na roupa em desordem em cima da cadeira, nos livros empilhados no chão, no cartaz do Chile na parede, no frescor daquela noite do Caribe, no ruído surdo da rua; tentou concentrar-se naquele corpo oferecido e pensar apenas no cabelo espalhado da jovem, no seu cheiro doce. Suplicou-lhe sem voz que, por favor, o ajudasse a salvar aqueles segundos, enquanto ela o observava da ponta mais afastada da cama, sentada como um faquir, os claros mamilos e o olho do umbigo olhando-o também, registrando o seu tremor, o bater dos dentes, o gemido. O homem ouviu o silêncio crescer no seu interior, soube que a alma se lhe partia, como tantas vezes acontecera antes, e deixou de lutar, soltando a última amarra ao presente, despencando por um desfiladeiro inacabável. Sentiu as correias enterradas nos tornozelos e nos pulsos, a descarga brutal, os tendões dilacerados, as vozes a insultar exigindo nomes, os gritos inesquecíveis de Ana torturada a seu lado e dos outros, pendurados no pátio pelos braços.

O que está acontecendo, meu Deus, o que está acontecendo com você?, chegou-lhe de longe a voz de Ana. Não, Ana ficou atolada nos pantanais do Sul. Julgou ver uma desconhecida nua, que o sacudia e o chamava pelo nome, mas não conseguiu desprender-se das sombras onde se agitavam chicotes e bandeiras. Encolhido, tentou controlar as náuseas. Começou a chorar por Ana e pelos outros. O que está acontecendo com você?, a jovem chamava outra vez, de qualquer parte. Nada, abrace-me!... pediu, e ela se aproximou tímida e o envolveu nos braços, embalou-o como a um menino, beijou-lhe a testa, disse-lhe chora, chora, estendeu-o de costas sobre a cama e deitou-se crucificada sobre ele.

Ficaram mil anos assim abraçados, até que lentamente se afastaram as alucinações, e ele regressou ao quarto, para se descobrir vivo apesar de tudo, respirando, palpitando com o peso dela descansando em seu peito, os braços e as pernas dela sobre os seus, dois órfãos apavorados. E, nesse instante, como se soubesse tudo, ela lhe disse que o medo é mais forte do que o desejo, o amor, o ódio, a culpa, a raiva, mais forte do que a lealdade. O medo é qualquer coisa total, concluiu, com as lágrimas escorrendo pelos seios. Tudo parou para o homem, tocado na ferida mais oculta. Pressentiu que ela não era apenas uma moça disposta a fazer amor por comiseração, que ela conhecia aquilo que se encontrava escondido além do silêncio, da completa solidão, da caixa selada em que ele se tinha escondido do coronel e da sua própria traição, além da recordação de Ana Díaz e dos outros companheiros denunciados, a quem foram traindo um a um de olhos vendados. Como pode ela saber tudo isso?

A mulher endireitou-se. Seu braço magro recortou-se contra a bruma clara da janela, procurando o interruptor às apalpadelas. Acendeu a luz e tirou, uma a uma, as pulseiras de metal, que caíram sem ruído sobre a cama. O cabelo cobria-lhe metade do rosto quando lhe estendeu as mãos. Também a ela, cicatrizes brancas atravessavam os pulsos. Durante um interminável momento, ele as observou, imóvel, até compreender tudo, amor, vê-la atada com as correias sobre a grelha elétrica, e, então, puderam abraçar-se e chorar, famintos de pactos e de confidências, de palavras proibidas, de promessas de amanhãs, partilhando, por fim, o mais recôndito segredo.

(De "O mais esquecido do esquecimento", *Contos de Eva Luna*)

Juliana não imaginava que aqueles seixos coloridos servissem para tanto. Dividiu as pedras em dois montinhos, um grande e outro menor, embrulhou o primeiro no lenço, colocou-o no decote e deixou o resto sobre a mesa. Fez um gesto de se retirar, mas ele ficou de pé, agitado, e a deteve pelo braço.

— O que fará com os escravos?

— Antes de qualquer coisa, tirar-lhes as correntes. Depois verei como ajudá-los.

— Está bem. Você está livre, Juliana. Me encarregarei de que possa partir logo. Perdoe-me os dissabores que a fiz passar, não sabe o quanto desejaria que nos tivéssemos conhecido em outras circunstâncias. Por favor, aceite isso como um presente meu — disse o pirata, entregando-lhe as pedras que ela havia deixado sobre a mesa.

Juliana havia precisado de todas as suas forças para enfrentar aquele homem e agora o seu gesto a desarmava completamente. Não estava certa do significado daquilo, mas o instinto a advertia que o sentimento que a transtornava era plenamente correspondido por Laffite: o presente era uma declaração de amor. O corsário a viu vacilar e, sem pensar, tomou-a nos braços e a beijou na boca. Foi o primeiro beijo de amor de Juliana, e certamente o mais longo e intenso que haveria de receber na vida. De qualquer forma, foi o mais memorável, como sempre acontece com o primeiro. A proximidade do pirata, seus braços envolvendo-a, seu hálito, seu calor, seu perfume viril e sua língua dentro da boca da moça balançaram-na até os ossos. Ela havia se preparado para aquele momento com centenas de romances de amor, com anos imaginando o galã predestinado para ela. Desejava Laffite com uma paixão recém-estreada, mas com uma certeza antiga e absoluta. Jamais amaria outro, aquele amor proibido seria o único que ela teria neste mundo. Aferrou-se a ele, segurando-o pela camisa com as duas mãos, e devolveu-lhe o beijo com a mesma intensidade, enquanto se dilacerava por dentro, pois sabia que aquela carícia era uma despedida. Quando finalmente conseguiram se separar, ela se reclinou no peito do pirata, zonza, tentando recuperar a respiração e o ritmo do coração, enquanto ele repetia o seu nome, Juliana, Juliana, num longo sussurro.

— Tenho de ir — disse ela, desprendendo-se.

— Eu amo você com toda a minha alma, Juliana, mas também amo Catherine. Nunca a abandonarei. Você pode entender isso?

— Sim, Jean. Minha desgraça foi ter-me apaixonado por você e saber que nunca poderemos ficar juntos. Mas eu te amo mais ainda por sua fidelidade a Catherine. Deus queira que ela se recupere logo e que vocês sejam felizes...

(De Zorro)

As coisas continuavam do mesmo jeito no verão do ano seguinte, quando, uma noite, Tété acordou de repente com uma mão firme tapando-lhe a boca. Pensou que, por fim, assaltavam a plantação, coisa que temia havia tanto tempo, e rogou para que a morte fosse rápida, pelo menos para Maurice e Rosette, adormecidos ao seu lado. Esperou sem tentar se defender, para não acordar as crianças, até que conseguiu distinguir a figura inclinada sobre ela no tênue reflexo das tochas do pátio, que se filtrava através do papel encerado da janela. Não o reconheceu, porque, depois de um ano e meio de separação, o rapaz já não era o mesmo, mas quando ele sussurrou seu nome, Zarité, ela sentiu um disparo no peito, não mais de terror, mas de felicidade. Levantou as mãos para atraí-lo e sentiu o metal da faca que ele mantinha entre os dentes. Tirou-a de sua boca, e ele, com um gemido, se deixou cair sobre aquele corpo que se acomodava para recebê-lo. Os lábios de Gambo buscaram os dela com a sede acumulada em tanta ausência, sua língua abriu passagem em sua boca e suas mãos se agarraram a seus seios através do camisolão fino. Ela o sentiu entre as coxas e se abriu para ele, mas se lembrou das crianças, que por um instante havia esquecido, e o empurrou. "Venha comigo", sussurrou-lhe.

Levantaram-se com cuidado e passaram por cima de Maurice. Gambo recuperou sua faca e a prendeu na tira de couro de cabra do cinturão, enquanto ela esticava o mosquiteiro para proteger as crianças. Tété fez um sinal para que ele esperasse e saiu para se assegurar de que o patrão estava em seu quarto, como o havia deixado duas horas antes. Depois soprou a lamparina do corredor e voltou para o amante, levando-o às apalpadelas até o quarto da louca, na outra ponta da casa, desocupado desde sua morte.

Caíram abraçados sobre o colchão estragado pela umidade e pelo abandono e se amaram na escuridão, em total silêncio, sufocados de palavras mudas e gritos de prazer que se desfaziam em suspiros. Enquanto estiveram separados, Gambo havia se desafogado com outras mulheres dos acampamentos, mas não tinha conseguido aplacar seu apetite de amor insatisfeito. Tinha dezesseis anos e vivia abrasado pelo desejo persistente de Zarité. Lembrava-se dela, alta, abundante, generosa, mas agora via que era menor que ele, e aqueles seios, que antes lhe pareciam enormes, cabiam com folga em suas mãos. Zarité se converteu em espuma sob o corpo dele. Na agitação e voracidade do amor tão longamente contido, ele não conseguiu penetrá-la e, num instante, sucumbiu numa só explosão. Mergulhou, então, no vazio, até que a respiração ardente de Zarité em seu ouvido o trouxe de volta ao quarto da louca. Ela o acalentou, dando pancadinhas em suas costas, como fazia com Maurice para consolá-lo, e, quando sentiu que ele começava a renascer, virou-o na cama, imobilizando-o com uma das mãos no ventre, enquanto com a outra, seus lábios suaves e uma língua faminta o massageavam e o chupavam, elevando-o ao firmamento, onde se perdeu nas estrelas fugazes do amor imaginado em cada instante de repouso e em cada pausa das batalhas e em cada amanhecer enevoado nas cavernas milenares dos caciques, onde tantas vezes montava guarda. Incapaz de se aguentar por mais tempo, o rapaz a levantou pela cintura e ela o montou, atravessando-se naquele membro candente que tanto havia desejado, inclinando-se para cobrir de beijos o rosto do amado, para lamber-lhe as orelhas, acariciá-lo com seus mamilos, rebolar seus quadris enlouquecidos, espremê-lo com suas coxas de amazona, ondulando como uma enguia no fundo arenoso do mar. Brincaram como se fosse a primeira e a última vez, inventando passos novos para uma antiga dança. O ar do quarto ficou saturado com a fragrância de sêmen e suor, com a violência prudente do prazer e os extravios do amor, com os gemidos sufocados, risos calados, investidas desesperadas e arquejos de moribundo que, num instante, se transformavam em beijos alegres. Talvez não tivessem feito nada que já não tivessem feito com outros, mas era muito diferente fazer amor quando se amava.

Esgotados de felicidade, dormiram apertados num nó de braços e pernas, aturdidos pelo calor pesado daquela noite de julho. Gambo acordou pouco depois, aterrorizado por ter baixado a guarda daquela maneira, mas ao sentir a mulher abandonada, ronronando no sono, se deu tempo para apalpá-la com suavidade, sem acordá-la, e perceber as mudanças naquele corpo, que, quando ele se fora, estava deformado pela gravidez. Os seios ainda tinham leite, mas estavam mais frouxos e com os mamilos distendidos, a cintura lhe pareceu muito delgada, porque não lembrava como era antes da gravidez, o ventre, os quadris, as nádegas e as coxas eram pura opulência e suavidade. O cheiro de Tété também havia mudado, já não cheirava a sabão, mas a leite, e naquele momento estava impregnado do cheiro de ambos. Mergulhou o nariz no pescoço dela, sentindo a passagem do sangue nas veias, o ritmo de sua respiração, a batida de seu coração. Tété se esticou com um suspiro satisfeito. Estava sonhando com Gambo e levou um instante para se dar conta de que, na verdade, estavam juntos e que já não precisava imaginá-lo.

— Vim levar você, Zarité. Chegou a hora de irmos embora — sussurrou ele.

Gambo explicou que não pudera chegar antes, porque não tinha para onde levá-la, mas que agora já não podia esperar mais. Não sabia se os brancos conseguiriam acabar com a rebelião, mas teriam que matar até o último negro antes de proclamar a vitória. Nenhum dos rebeldes estava disposto a voltar à escravidão. A morte andava solta e à espreita na ilha. Não existia nem um só canto seguro, mas pior do que o medo e a guerra era aquela separação. Contou que não confiava nos chefes, nem mesmo em Toussaint, não devia nada a eles e pensava lutar à sua maneira, mudando de bando ou desertando, conforme os acontecimentos. Por um tempo poderiam viver juntos em seu acampamento, ele lhe disse; havia levantado uma *ajoupa* com paus e folhas de palmeira, e não faltaria comida. Só podia lhe oferecer uma vida dura, e ela estava acostumada às comodidades daquela casa de branco, mas nunca se arrependeria, porque quando se prova a liberdade não se pode voltar atrás.

(De *A ilha sob o mar*)

Humor e Eros

Humor e Eros

> A única maneira de nós mulheres escutarmos é se nos cochicharem ao ouvido. O ponto G fica nas orelhas; quem for procurá-lo mais embaixo perde seu tempo e o nosso.
>
> (De *Afrodite*)

A tentação de relatar um encontro amoroso em tom de galhofa é quase irresistível, porque o humor é uma garantia contra o sentimentalismo e a cafonice, que estão sempre à espreita nessas cenas. Além disso, creio que o melhor afrodisíaco é o riso. A sensualidade sem humor me entedia um pouco; não tenho paciência para preâmbulos solenes nem para amantes que se levam a sério. Uma amiga minha, mulher de louvável retidão, mãe e avó, deixou plantados o próspero marido e o neto de seis meses, a luz dos seus olhos, para seguir um encanador que cruzou seu destino. Ninguém entendeu tal deserção, porque à primeira vista o homem era bastante comum. Uns dois anos mais tarde, nos encontramos e eu quase não a reconheci:

de vestido florido, cabelo comprido e com a cara sem um pingo de maquilagem, ela parecia vinte anos mais jovem e muito contente. Nos sentamos para conversar e assim fiquei sabendo que durante o dia o homem era encanador e, à noite, comediante de cabaré. "Sabe milhares de piadas, canta canções picantes, dança sapateado, tem amigos divertidos, e você não imagina as maluquices que fazemos na intimidade", me confessou minha amiga, com uma piscadela travessa. Compreendi. Eu também teria deixado tudo, inclusive os netos, por um amante como aquele.

Muito do que eu escrevo tem um pé na realidade. Compenso o que me falta em imaginação com o empenho em observar e escutar, assim nunca me faltará material; sobram histórias neste mundo e todas são grátis, posso usar as que quiser sem me preocupar com o gasto. Os três episódios selecionados para este capítulo aconteceram a pessoas que conheci; apenas mudei um pouco os personagens e as circunstâncias, para que ninguém se aborrecesse. O primeiro, que relata a aventura de uma jovem amante do bel canto *com um célebre tenor, aconteceu, tal como contei, a uma de minhas primas; simplesmente trasladei os fatos para outra cidade e outra época. O episódio de Colomba é inspirado no caso de uma jornalista chilena, cujo marido, professor universitário, seduziu uma aluna no estacionamento vazio de um estádio de futebol. Também ele contava com um escangalhado Citroën dos anos 1970, que não se prestava a acrobacias de amantes, e, enquanto faziam amor atrás de um matagal, com o paletó como travesseiro, roubaram-lhes o veículo e o restante da roupa. Tiveram de retornar a pé, ele nu e ela mal coberta pelo paletó. O modelo para Hortense, a protagonista da terceira cena, é uma roliça dama franco-alemã, falecida há vários anos, que pertenceu à minha família. Ninguém suspeitaria que sob a rigidez e a avareza dessa senhora se escondia um espírito gozador capaz de imaginar brincadeiras apimentadas. Como eu soube disso? Quem me confessou, morrendo de rir, foi seu marido, um ancião de oitenta e tantos anos.*

Aos dezessete anos, a beleza da jovem começava a despontar, e lhe sobravam pretendentes bem-situados na vida, dispostos a morrer por amor, mas, enquanto suas amigas se empenhavam na busca de um marido, ela procurava um professor de canto. Foi assim que conheceu Karl Bretzner, um tenor vienense que se encontrava em Londres para cantar em várias obras de Mozart, temporada que culminaria em uma noite de gala com *As bodas de Fígaro* e a família real no auditório. O aspecto físico do tenor não era nada revelador de seu talento: ele mais parecia um açougueiro. Seu corpo se alargava na cintura, estreitava-se nos quadris, e dali para baixo era totalmente deselegante; seu rosto vermelho, coroado por uma floresta de pelos crespos e descoloridos, fazia dele um tipo bem vulgar, mas quando abria a boca para deleitar o mundo com sua voz torrencial, transformava-se em outro ser: crescia em estatura, a barriga sumia sob a largura do peito e o rosto corado de teutônico via-se banhado por uma luz olímpica. Pelo menos foi assim aos olhos de Rose Sommers, que deu um jeito de comprar ingressos para todas as apresentações. Ela chegava ao teatro muito antes de as portas serem abertas, desafiando os escandalizados olhares dos transeuntes, pouco habituados a ver uma jovem de sua classe plantar-se horas seguidas à porta dos atores a fim de ver o mestre descer do coche. Na noite de domingo, o homem notou a presença da beldade que o esperava na rua e se aproximou para lhe dirigir a palavra. Trêmula, ela respondeu às suas perguntas, confessando sua admiração por ele e seus desejos de, literalmente, palmilhar o árduo, porém divino, caminho do *bel canto*.

— Vá ao meu camarim quando o espetáculo terminar, e então veremos o que posso fazer pela senhorita — disse ele com sua voz preciosa e seu carregado sotaque de austríaco.

E assim fez ela, sentindo-se arrebatada pela glória. Quando terminou a ovação de pé com que o público o brindou, um servente a mando de Karl Bretzner levou-a para trás das bambolinas. Ela jamais tinha visto os bastidores de um teatro, mas não perdeu tempo admirando as engenhosas máquinas de produzir tempestades, nem as paisagens pintadas nos telões, pois o seu único propósito era conhecer o ídolo. Encontrou-o dentro de um roupão de veludo azul-real com debruns dourados, o rosto ainda maquiado e a cabeça ainda coberta por uma elaborada peruca de fios brancos. Repleto de espelhos, móveis e cortinas, o aposento cheirava a mofo, cosméticos e tabaco. Havia ali um biombo pintado com cenas de mulheres rubicundas em um harém turco, e de cabides presos às paredes pendiam roupas usadas na ópera. O entusiasmo de Rose murchou por alguns instantes ao ver seu ídolo de perto, mas ele recuperou imediatamente o terreno perdido. Tomou-lhe as mãos, levou-as aos lábios e beijou-as longamente, emitindo um dó de peito que estremeceu o biombo das odaliscas. Como as muralhas de Jericó, as últimas defesas de Rose desmoronaram em meio a uma nuvem de pó, que saiu da peruca quando o artista retirou-a da cabeça com um gesto apaixonado e viril, lançando-a em um divã, onde a peça ficou inerte como um coelho morto. Tinha a cabeleira domada por uma rede de malhas estreitas que, somada à maquiagem, dava-lhe um ar de cortesã decadente.

Naquele mesmo divã onde acabava de cair a peruca, Rose lhe ofereceria a virgindade, dois dias depois, exatamente às três e quinze da tarde. Lembrando que não haveria espetáculo naquela terça-feira, o tenor vienense fez-lhe um convite para conhecer o teatro. Encontraram-se discretamente em uma pastelaria, onde ele saboreou, com delicados modos, cinco *éclaires* de creme e duas xícaras de chocolate, enquanto ela revolvia seu chá, que a antecipação da surpresa a impossibilitava de beber. Dali seguiram para o teatro. Naquela hora havia lá apenas duas mulheres varrendo o auditório e um iluminador que preparava os archotes, velas e lâmpadas de azeite para o dia seguinte. Experiente em matéria de auges amorosos, Karl

Bretzner fez surgir, como em um passe de mágica, uma garrafa de champanha, serviu duas taças, que foram bebidas sem mistura e entre brindes a Mozart e Rossini. Em seguida, ele instalou a jovem na poltrona de felpa exclusiva do rei, no centro do camarim real, decorado de cima a baixo com rosas de gesso e pequenos cupidos bochechudos. Dirigiu-se ao palco, e, do alto de um pedaço de coluna feita de papelão pintado e iluminado pelos archotes que acabavam de ser acesos, cantou exclusivamente para ela uma ária de *O barbeiro de Sevilha*, exibindo toda a agilidade e o suave delírio de sua voz em intermináveis floreios. Ao morrer a última nota em sua homenagem, ouviu os soluços distantes de Rose Sommers, correu para ela com inesperada rapidez, cruzou a sala, subiu ao camarim em dois saltos e caiu-lhe aos pés de joelhos. Sem alento, deitou a cabeçorra na saia da jovem, mergulhando o rosto entre as dobras da seda verde-musgo. Chorava com ela, pois sem querer também se apaixonara; o que havia começado como outra conquista passageira transformara-se, em poucas horas, numa paixão incandescente.

Rose e Karl levantaram-se, um apoiando-se no outro, vacilando e sentindo-se aterrados diante do inevitável, e, sem saber como, foram avançando por um estreito e escuro corredor, subiram uma pequena escadaria e chegaram ao setor dos camarins. Em uma das portas estava inscrito o nome do tenor em letras cursivas. Entraram no aposento atulhado de móveis e roupas luxuosas, suadas e empoeiradas, no qual tinham se encontrado dois dias antes. Não havia janelas e, durante um momento, refugiaram-se na obscuridade, dentro da qual conseguiram recobrar a respiração perdida nos anteriores soluços e suspiros, enquanto ele acendia primeiro um fósforo e em seguida as cinco velas de um candelabro. Na trêmula luz amarela das chamas os dois se admiraram, confusos e entorpecidos, com uma torrente de emoções à espera de expressar-se e sem poder articular uma palavra. Rose não resistiu aos olhares que a traspassavam e escondeu o rosto entre as mãos, ele porém as separou com a mesma delicadeza antes empregada ao partir os pasteizinhos de creme. Começaram por trocar beijinhos lacrimosos nas faces, como bicadas de pombos, que naturalmente evoluíram para beijos sérios. Rose havia tido encontros de amor, mas vacilantes e escorregadios, com alguns dos seus pretendentes, e dois deles tinham chegado a roçar-lhe a face com os lábios, porém jamais havia imaginado que fosse possível chegar àquele grau de intimidade, que a língua do outro pudesse entrançar-se com a sua e que a saliva alheia a molhasse por fora e a invadisse por dentro, mas a repugnância inicial foi logo vencida pelo impulso de sua juventude e o entusiasmo pelo canto lírico. Não apenas devolveu as carícias com igual intensidade, mas tomou a iniciativa de desfazer-se do chapéu, da capinha de astracã cinza que lhe cobria os ombros. Daí a permitir que ele lhe desabotoasse a jaquetilha e em seguida a blusa foi questão de apenas alguns ajustes. A jovem soube como seguir passo a passo a dança da cópula, guiada pelo instinto e pelas ardentes leituras proibidas, que antes havia retirado em segredo das prateleiras do pai. Aquele foi o dia mais memorável de sua existência, e nos anos posteriores iria recordá-lo até nos seus mais ínfimos pormenores, que enfeitava e exagerava. Aquela seria sua única fonte de experiência e conhecimento, único motivo de inspiração a alimentar suas fantasias e criar, anos mais tarde, a arte que a tornaria famosa em certos círculos muito secretos. Aquele dia maravilhoso só podia ser comparado, em termos de intensidade, com aquele outro de março, dois anos mais tarde, em Valparaíso, quando caiu em seus braços a recém-nascida Eliza, como consolo pelos filhos que não teria, pelos homens que não poderia amar e pelo lar que jamais construiria.

O tenor vienense mostrou-se um amante refinado. Amava as mulheres e conhecia-as a fundo, mas foi capaz de apagar de sua memória os dispersos amores do passado, a frustração de múltiplos adeuses, os ciúmes, os excessos e erros de outras relações, para entregar-se com total inocência à breve paixão por Rose Sommers. Sua experiência não era oriunda de abraços patéticos com prostitutas asquerosas; Bretzner vangloriava-se de jamais ter pago pelo prazer, porque mulheres das mais variadas classes, desde camareiras humildes até condessas orgulhosas, entregavam-se, incondicionalmente, ao ouvi-lo cantar. Aprendera a arte do amor ao mesmo tempo em que aprendia a arte do canto. Tinha dez anos de idade quando se apaixonou por aquela que seria a sua mentora, uma francesa com olhos de tigre, seios do mais puro alabastro e idade suficiente para ser sua mãe. Ela, por sua vez, fora iniciada aos treze anos, na França, por Donatien-Alphonse-François de Sade. Filha de um carcereiro da Bastilha, havia conhecido o famoso marquês em uma cela imunda, onde ele escrevia suas perversas histórias à luz de uma vela. Observava-o atrás das grades movida apenas pela sua curiosidade infantil, sem saber que o pai já a vendera ao prisioneiro em troca de um relógio de ouro, última propriedade do nobre empobrecido. Certa manhã, quando ela o espiava pelo postigo, seu pai tirou o molho de chaves do cinto, abriu a porta e empurrou a garota para dentro da cela, como quem dava comida a um leão. O que ali sucedeu ela se recusava a lembrar; basta saber que ficou ao lado de Sade, acompanhando-o do cárcere à pior miséria da liberdade e aprendendo tudo o que ele tinha para ensinar. Quando, em 1802, o marquês foi internado no manicômio de Charenton, ela viu-se largada na rua, sem um único franco, mas possuidora de uma vasta sabedoria amatória, que lhe serviu para arranjar um marido muito rico e cinqüenta e dois anos mais velho do que ela. O homem morreu pouco tempo depois, esgotado pelos excessos de sua jovem mulher, que finalmente via-se livre e com dinheiro para fazer o que lhe desse na cabeça. Tinha trinta e quatro anos, havia sobrevivido ao seu brutal aprendizado com o marquês, à pobreza do resto de pão de sua juventude, à tempestade da Revolução Francesa, ao espanto das guerras napoleônicas, e agora teria de suportar a repressão ditatorial do Império. Estava farta, e seu espírito pedia uma trégua. Decidiu procurar um lugar seguro para passar em paz o resto de seus dias, e optou por Viena. Nesse período de sua vida conheceu Karl Bretzner, filho de vizinhos, quando este era um menino de apenas dez anos, mas já cantando como um rouxinol no coro da catedral. Graças a ela, convertida em amiga e confidente dos Bretzner, o garotinho não fora castrado para preservar a sua voz de querubim, como fora sugerido pelo diretor do coro.

— Não toquem nele, e em pouco tempo ele será o tenor mais bem remunerado da Europa — a bela prognosticou.

E não se enganou.

Apesar da enorme diferença de idade, cresceu entre ela e o pequeno Karl uma relação inusitada. Ela admirava a pureza de sentimentos do menino e sua dedicação à música; nela, o garoto havia encontrado a musa que não apenas lhe salvara a virilidade, mas que também lhe ensinara a usá-la. Na época em que trocou definitivamente de voz e começou a barbear-se, havia desenvolvido a proverbial habilidade dos eunucos para satisfazer a uma mulher por meios não previstos pela natureza e os costumes, mas com Rose Sommers ele preferiu não se arriscar. Nada de atacá-la de maneira fogosa e com exagero de carícias demasiado atrevidas, pois não se tratava de chocá-la com artifícios de serralho; decidiu, sem suspeitar, que em menos de três lições práticas sua aluna iria superá-lo em criatividade. Era homem atento aos detalhes e conhecia o poder alucinante da palavra precisa na hora do amor.

Com a mão esquerda soltou um a um os botões de madrepérola das costas, enquanto com a direita retirava os grampos que lhe seguravam o cabelo, sem perder o ritmo dos beijos intercalados com a litania das lisonjas. Falou da esbeltez de seu talhe, da prístina brancura de sua pele, da clássica curvatura de seu colo e ombros, que provocavam nele um incêndio, uma excitação incontrolável.

— Você me deixa louco... Não sei o que está acontecendo; jamais havia amado e nunca voltarei a amar alguém como você. Este é um encontro feito para os deuses; estamos destinados a nos amar — murmurava de vez em quando.

Recitou-lhe todo o seu repertório de sedução, mas o fez sem malícia, profundamente convencido de sua própria honestidade e deslumbrado por Rose. Desatou os laços do corpete e foi desvencilhando-a das anáguas, até deixá-la apenas com as calças de cambraia e uma camisa que, de tão fina, punha à mostra os seus mamilos cor de morango. Não lhe tirou as botinhas de cordovão com saltos retorcidos, nem as meias brancas presas nos joelhos com ligas bordadas. Ao chegar a esse ponto deteve-se, ofegando, um estrépito telúrico no peito, a convicção de que Rose Sommers era a mulher mais bela do mundo, um anjo, e que, se não se acalmasse, seu coração iria voar em pedaços. Ergueu-a nos braços, sem esforço, atravessou o aposento e depositou-a, de pé, em frente a um grande espelho de moldura dourada. A luz oscilante das velas e o vestuário teatral pendurado nas paredes, em uma confusão de brocados, plumas, veludos e rendas desbotadas, davam à cena um ar de irrealidade.

Inerme, ébria de emoção, Rose olhou-se no espelho e não reconheceu aquela mulher em roupas de baixo, o cabelo desfeito e o rosto em chamas, a quem um homem também desconhecido beijava-lhe o colo, enquanto apalpava-lhe os peitos. Aquela pausa anelante deu tempo ao tenor para recuperar o alento e um pouco da lucidez perdida nas primeiras investidas. Começou a tirar a roupa diante do espelho, sem pudor e, diga-se de passagem, considerando-se melhor nu do que vestido. Necessita de um bom alfaiate, pensou Rose, que jamais tinha visto um homem nu, nem mesmo seus irmãos quando eram crianças, e cuja informação a respeito vinha inteiramente das exageradas descrições de livros picantes e de uns postais japoneses que havia descoberto na bagagem de John, nos quais os órgãos masculinos tinham proporções francamente otimistas. Ao contrário do que temia Karl Bretzner, o fruto com ponta de pião, que surgiu rosado e teso diante dos seus olhos, não a espantou, ao contrário, provocou-lhe uma alegre risada. Isso deu o tom daquilo que viria depois. Em vez da solene e dolorosa cerimônia que a defloração costuma ser, eles se divertiram com seus corcoveios de brinquedo, perseguiram-se pelo aposento saltando como crianças por cima dos móveis, beberam o resto da champanha e abriram outra garrafa para banhar-se com seus jorros espumantes, disseram indecências entre risos e juramentos de amor sussurrados, morderam-se, lamberam-se e patinaram no alagado sem fundo do amor que acabava de ser estreado, e isso pela tarde afora e noite adentro, sem lembrar-se nem um instante da hora nem do resto do universo. Só eles existiam. O tenor vienense levou Rose a épicas alturas, e ela, aluna aplicada, seguiu-o sem vacilar, e, uma vez lá em cima, se pôs a voar sozinha, com um talento natural surpreendente, guiando-se por indícios e perguntando aquilo que não conseguia adivinhar, deslumbrando o mestre e, por fim, vencendo-o com sua destreza improvisada e o imensurável presente do seu amor. Quando conseguiram separar-se e aterrissar na realidade, o relógio marcava dez da noite. O teatro estava vazio, lá fora reinava a escuridão e, para cúmulo, havia baixado uma bruma espessa como geleia.

Entre os amantes teve início um frenético intercâmbio de cartas, flores, balas, versos copiados e pequenas relíquias sentimentais, que durou tanto quanto a temporada lírica em Londres. Encontravam-se onde podiam, e a paixão levou-os a perder completamente a prudência. Para ganhar tempo, procuravam quartos de hotéis próximos do teatro, sem importar-se com a possibilidade de que os reconhecessem. Rose escapava de casa apresentando desculpas ridículas, e a mãe, aterrorizada, não falava a Jeremy de suas suspeitas, mas rezava para que o desenfreio da filha fosse passageiro e desaparecesse sem deixar vestígios. Karl Bretzner chegava atrasado aos ensaios e, de tanto tirar a roupa a qualquer hora, apanhou um resfriado e não pôde cantar em duas apresentações, mas longe de lamentar, aproveitou o tempo para fazer amor, exaltado pelos tremores da febre. Apresentava-se no aposento alugado levando flores para Rose, champanha para brindar e banhar-se, pastéis de creme, poemas escritos às pressas para ler na cama, óleos aromáticos para massagear lugares até então fechados à chave, livros eróticos (que folheavam à procura das cenas mais inspiradas), penas de avestruz para fazer cócegas, e uma infinidade de outros instrumentos para serem usados em suas brincadeiras. Em seu sentimento, a jovem abria-se como uma flor carnívora, emanando perfumes embriagadores para atrair o homem como se ele fosse um inseto, triturá-lo, engoli-lo, digeri-lo e finalmente cuspir seus ossinhos transformados em finas estilhas. Estava dominada por uma energia insuportável, asfixiava-se, não podia aquietar-se nem um instante, devorada pela impaciência. De sua parte, Karl Bretzner patinava na confusão, às vezes exaltado até o delírio, às vezes exangue, procurando cumprir suas obrigações musicais, mas estava deteriorando-se a olhos vistos, e os críticos, implacáveis, disseram que certamente Mozart se torcia no sepulcro ao ouvir o tenor vienense executar — literalmente — suas composições.

(De *A filha da fortuna*)

Digamos que se chama Colomba. Naquele momento ela era uma jovem rubicunda, de abundantes carnes rosadas e sardentas, com longa cabeleira dessa cor ruiva que Tiziano fez entrar na moda do Renascimento, e que hoje pode ser obtida em frascos. Seus delicados pés de ninfa mal sustentavam as grossas colunas de suas pernas, suas nádegas tumultuosas, os perfeitos melões de seus peitos, seu pescoço com dois papos sensuais e seus redondos braços de valquíria. Como acontece muitas vezes nestes casos, minha roliça amiga era vegetariana. (Para evitar a carne, essa gente se enche de carboidratos.)

Colomba tinha um professor de artes na universidade que não podia desgrudar a vista dela, loucamente apaixonado por sua pele de leite, seu cabelo veneziano, seus cachos, as covinhas que assomavam pelas mangas e outras que ele imaginava no tormento de suas noites insones no leito matrimonial, junto a uma esposa alta e seca, uma daquelas mulheres distintas cuja roupa sempre cai bem sobre os ossos. (Eu as detesto). O pobre homem pôs seus conhecimentos a serviço de sua obsessão e tanto falou a Colomba de *O rapto das sabinas*, de Rubens, de *O beijo*, de Rodin, de *Os amantes*, de Picasso, e de *A banhista*, de Renoir, leu-lhe em voz alta tantos capítulos de *O amante de lady Chatterley* e colocou sobre seu colo tantas caixas de bombons que ela, que não deixava de ser mulher, finalmente aceitou seu convite para um almoço campestre. Pode haver algo mais inocente que isso? Ah, mas o professor não era pessoa capaz de deixar passar uma ocasião como aquela. Traçou seus planos como se fosse Maquiavel. Deduziu que ela nunca aceitaria acompanhá-lo a um hotel na primeira saída e que talvez não houvesse uma segunda:

tinha que jogar suas cartas de forma magistral. Contava apenas com uma Citroneta, um desses carrinhos de latão pintado que a França colocou ao alcance da classe média nos anos 60, um veículo que mais parecia um cruzamento de lata de biscoitos e cadeira de rodas, onde só um contorcionista anão poderia fazer amor. Seduzir uma pessoa do tamanho de Colomba em uma Citroneta teria sido totalmente impossível. O piquenique oferecia uma solução romântica e prática ao mesmo tempo. Sua estratégia consistia em atacar as defesas da aluna pelo seu lado mais fraco: a gula. Com mil pretextos e circunlóquios averiguou os pratos favoritos da amada e, sem desanimar pelo fato de ela ser vegetariana, encheu uma cesta primorosa com guloseimas afrodisíacas: duas garrafas do melhor vinho rosado bem frio, ovos duros, pão camponês, quiche de cogumelos, salada de aipo e abacate, alcachofras cozidas, milho verde assado, frutas aromáticas da estação e todo tipo de doces. Caso precisasse de recursos extremos, levava, como reforço, uma lata pequena de caviar beluga, pela qual tinha pago o salário de uma quinzena, um vidro de castanhas em calda e dois cigarros de maconha. Homem meticuloso — do signo de Virgem — também levou um travesseiro, um cobertor e um repelente de insetos. Colomba o esperava em uma esquina da praça dos Libertadores, toda vestida de musselina branca, coroada por um chapéu de palha italiana enfeitado com um largo laço de seda. De longe parecia um veleiro, e de perto também. Ao vê-la, o professor sentiu desaparecer o peso dos anos, a lembrança da distinta esposa e o temor das consequências; nada existia neste mundo exceto aquela carne deliciosa envolta em musselina, que tremia com cada movimento, provocando-lhe uma luxúria selvagem cuja existência até ele ignorava. No fim das contas, era um acadêmico, um homem de letras, um estudioso da arte, um marido, um teórico. Até aquele momento não sabia nada de luxúria. A duras penas

Colomba subiu na frágil Citroneta, que se inclinou perigosamente; por um momento pareceu que as rodas tinham se enterrado para sempre no asfalto, mas depois de umas quantas sacudidas o nobre veículo começou a andar e se dirigiu para fora da cidade. Pelo caminho falaram de arte e de comida, mais do segundo que do primeiro. E assim, embevecidos com a conversa e com aquele esplêndido meio-dia, por fim chegaram ao lugar que o professor escolhera, um belo campo com grama verde junto a um riacho rodeado de salgueiros e uma vaca distraída que mastigava flores a certa distância. O professor saltou da Citroneta e Colomba, com certa dificuldade, também desceu. Enquanto ele, diligente, esticava o cobertor à sombra, ajeitava o travesseiro e retirava os tesouros da cesta, sua aluna tirava os sapatos e dava pulinhos medrosos à beira do arroio. Era uma visão encantadora.

O professor não demorou muito para instalar Colomba sobre o cobertor, semirreclinada no travesseiro, estendendo sobre ela o delicioso conteúdo da cesta. Serviu vinho para refrescá-la, tirou a casca de um ovo duro, que ela logo começou a morder, e começou a brincar com os dedos gorduchos da moça, enquanto recitava.

Este menininho comprou um ovinho, este menininho o descascou, este colocou sal, este menininho misturou e este porquinho gordinho o comeu!

Colomba retorcia-se toda, morrendo de rir, e o professor, estimulado por isto, começou a lhe escrever, uma após a outra, todas as folhas de uma alcachofra; depois de ela ter comido duas inteiras, ofereceu-lhe o quiche de cogumelos e depois os morangos e os figos e as uvas, sem parar de tocá-la por aqui e por ali e de lhe recitar, suando de impaciência, os mais apaixonados versos de Pablo Neruda. A cabeça de Colomba girava por causa do sol, do vinho, dos versos e do cigarrinho de maconha que ele acendeu logo que os últimos grãos de caviar terminaram, diante do olhar impávido da vaca, que tinha se aproximado do local. Neste momento apareceram as primeiras formigas, que o professor esperava com ansiedade: era o pretexto que necessitava. Garantiu a Colomba que, atrás das formigas, apareciam inevitavelmente abelhas e mosquitos, mas que ela não devia ficar com medo, porque tinha trazido o líquido repelente. No entanto, não queria manchar seu belo vestido de inseticida... Por acaso não se lembrava da célebre pintura impressionista *Déjeuner sur l'herbe*, esse piquenique em que as mulheres apareciam nuas e os homens vestidos? Não, Colomba não sabia de que estava falando, de modo que ele teve de descrevê-lo em todos os detalhes, aproveitando para abrir um por um todos os botões do vestido de musselina. Resumindo, digamos que logo depois Colomba estava despojada de seus véus e o sol acariciava as líquidas colinas de seu corpo voluptuoso. Com os dedos, ela colocava na boca os confeitos de castanhas, sem se preocupar com o fio de calda que escorria do seu queixo aos seios, fio que o professor olhava desorbitado, ofegante, até que não pôde resistir mais e lançou-se sobre essa montanha de carne luminosa e palpitante, disposto a lamber o doce e tudo o que estivesse a seu alcance, arrancando a roupa atabalhoadamente, como se estivesse possuído, até ficar nu também. Colomba se retorcia de cócegas, morria de rir — nunca vira um homenzinho tão magro e peludo, com um pepino tão atrevido abaixo do umbigo — mas não abria as pernas, ao contrário, defendia-se com empurrões sedutores que, vindo dela, pareciam verdadeiras trombadas de elefante. Finalmente conseguiu se desvencilhar do torpe abraço do professor de arte e começou a correr, provocando-o e rindo, como essas mitológicas criaturas dos bosques, que sempre aparecem acompanhadas por faunos. E fauno parecia o professor, tentando alcançá-la.

Enquanto isso a vaca, que não era vaca mas touro, decidiu que chegava de chacota e começou a trotar atrás dos namorados que, para fugirem da investida daquele enorme animal, saíram correndo como almas levadas pelo diabo a buscar refúgio em um bosque próximo.

Haveriam de passar muitas horas até o touro se afastar o suficiente para que os desafortunados excursionistas, trêmulos e nus, pudessem regressar. O efeito da maconha, do vinho, das cócegas e da comida tinha se desvanecido há muito tempo. Colomba, histérica, proferia insultos e ameaças, enquanto o professor, aterrado e escondendo o pepininho murcho com as duas mãos, tentava inutilmente tranquilizá-la com versos de Rubén Darío. Ao chegarem ao local do piquenique, perceberam que tinham roubado toda a sua roupa e também a Citroneta. Junto ao salgueiro onde trinavam os passarinhos, restava apenas o chapéu de palha italiana...

(De *Afrodite*)

Hortense se instalou num quarto decorado em azul imperial, onde dormia sozinha, porque nem ela nem o marido tinham o costume de dormir acompanhados, e também porque necessitavam de seu próprio espaço, depois da sufocante lua de mel. Seus brinquedos de menina, apavorantes bonecas com olhos de vidro e cabelos humanos, adornavam seu quarto, e seus cães peludos dormiam sobre a cama, um móvel de dois metros de largura, com pilares talhados, dossel, almofadões, cortinas, franjas e pompons, mais uma cabeceira de tecido que ela mesma havia bordado com ponto de cruz no colégio das ursulinas. Do alto pendia o mesmo céu de seda com anjinhos gordos que seus pais lhe deram para o casamento.

A recém-casada só se levantava depois do almoço — passava dois terços de sua vida na cama, de onde controlava os destinos alheios. Na primeira noite de casados, quando ainda estava na casa paterna, recebeu o marido num *déshabillé* com peninhas de cisne no decote, que assentavam muito suaves, mas nefastas para ele, porque as penas lhe produziram um ataque incontrolável de espirros. Tão mau começo não impediu que consumassem o matrimônio, e Valmorain teve a agradável surpresa de constatar que a esposa respondia a seus desejos com mais generosidade do que Eugenia ou Tété jamais haviam demonstrado.

Hortense era virgem, mas só por um triz. De alguma maneira, tinha dado um jeito de burlar a vigilância familiar e de se informar sobre expedientes que as mulheres solteiras jamais suspeitariam. O noivo falecido se fora para a tumba sem saber que ela havia se entregado ardentemente a ele em sua imaginação e continuara se entregando nos anos seguintes na privacidade de sua cama, torturada pelo desejo insatisfeito e pelo amor frustrado. Suas irmãs casadas haviam lhe facilitado informação didática. Não eram especialistas, mas pelo menos sabiam que qualquer homem aprecia certas demonstrações de entusiasmo, embora não em demasia, para evitar suspeitas. Hortense decidiu por conta própria que nem ela nem o marido estavam em idade de se permitirem pudores. Suas irmãs lhe disseram que a melhor maneira de dominar o marido era se fazer de boba e lhe dar prazer na cama. A primeira parte era muito mais difícil do que a segunda para ela, que de boba não tinha nada.

Valmorain aceitou como um presente a sensualidade de sua mulher, sem lhe fazer perguntas cujas respostas preferia não saber. O corpo pleno de Hortense, com suas curvas e reentrâncias, lembrava o de Eugenia antes da loucura, quando ela ainda transbordava do vestido, e nua parecia feita de massa de amêndoas: pálida, macia, fragrante, toda abundância e doçura. Depois, a infeliz se reduzira a um espantalho, e ele só podia se deitar com ela quando estava entorpecido pelo álcool e desesperado. No resplendor dourado das velas, Hortense era um prazer aos olhos, uma ninfa opulenta das pinturas mitológicas. Sentiu renascer sua virilidade, que já dava por irremediavelmente perdida. Sua esposa o excitava como um dia o fizeram Violette Boisier em seu apartamento na praça Clugny e Tété em sua voluptuosa adolescência. Sentia-se espantado com aquele ardor renovado toda noite e, às vezes, inclusive ao meio-dia, quando chegava de repente, com as botas enlameadas, e a surpreendia bordando entre os almofadões de sua cama; expulsava os cães a tapas e se deixava cair sobre ela com a alegria de voltar a se sentir com dezoito anos. Numa dessas cavalgadas, desprendeu-se um cupido do teto da cama e lhe caiu na nuca, aturdindo-o por uns breves minutos. Acordou coberto por um suor gelado, porque nas brumas da inconsciência aparecera seu antigo amigo Lacroix para lhe reclamar o tesouro que havia roubado.

Na cama, Hortense exibia a melhor parte do seu temperamento: fazia brincadeiras leves, como tecer um primoroso capuz de crochê com lacinhos para o penduricalho do marido, e outras mais pesadas, como enfiar no cu uma tripa de frango e anunciar que estavam lhe saindo os intestinos. De tanto se rolarem nos lençóis bordados pelas freiras com a inicial de seus nomes, acabaram por se amar, tal como ela havia previsto. Estavam prontos para a cumplicidade do casamento, porque eram essencialmente diferentes; ele, temeroso, indeciso e fácil de manipular, e ela, dona de uma determinação implacável que faltava nele. Juntos moveriam montanhas.

(De *A ilha sob o mar*)

Magia
do
AMOR

Magia do amor

> A linha que divide a realidade da imaginação é muito tênue, e na minha idade já não interessa porque tudo é subjetivo.
>
> (De *Inés da minha alma*)

Fui acusada – e com razão – de utilizar em demasia o realismo mágico, que foi o selo característico do chamado boom *da literatura latino-americana, nas décadas de 1960, 1970 e parte da de 1980, mas agora quase ninguém o usa e os escritores jovens o rejeitam. Meu problema é que, para mim, o realismo mágico não é um truque literário, mas uma forma de vida. Quem me conhece pode atestar que me acontecem coisas estranhas: coincidências, premonições, adivinhação, espíritos que me rondam e, de vez em quando, algum fantasma distraído que aparece no jardim. Creio que essas coisas aconteçam a todo mundo, mas normalmente as pessoas vivem depressa, no ruído e sempre ocupadas, por isso não percebem o quanto é fantástica a existência. Minha avó, discípula de Gurdjieff, passou a vida explorando fenômenos paranormais e acreditava que existem múltiplas dimensões da realidade, que o espaço está cheio de presenças, que o tempo é uma invenção humana e que tudo acontece simultaneamente, passado, presente e futuro. A boa senhora, que tinha reputação de extravagante, para não dizer destrambelhada, e que sem a proteção do marido talvez tivesse acabado num manicômio, morreu muito antes de que a ciência, ao estudar o universo infinito e as menores partículas da matéria, começasse a lhe dar razão. O que conhecemos é muito pouco, apenas a ponta do iceberg. O que se oculta sob a superfície? Como minha avó, estou aberta a todas as possibilidades.*

Os dois contos de Eva Luna deste capítulo não precisam de explicação, mas eu gostaria de dizer umas palavras sobre as outras duas cenas. Bernardo, o companheiro de infância do Zorro, é um jovem índio mudo por causa de um trauma e que com a força do amor consegue quebrar o feitiço por alguns instantes e murmurar o nome da amada. Não é o único dos meus personagens que fica mudo e recupera a voz num instante mágico; assim aconteceu a Clara em A casa dos espíritos. *Clara é inspirada na minha avó, que passou nove anos sem falar, não por incapacidade de fazê-lo, mas porque não tinha vontade. "Para as bobagens que as pessoas dizem, é melhor se calar", foi sua explicação, quando voltou a usar a voz. E, em relação ao sonho de Eva Luna, creio que ao sonhar entramos numa dimensão misteriosa na qual vivemos outra vida. Em muitas culturas, os sonhos são parte essencial da existência, guiam, informam, conectam, profetizam, advertem e são a conexão com os espíritos e a divindade. Para mim, são muito valiosos, por isso sempre tenho papel e lápis no criado-mudo e anoto qualquer sonho que possa me inspirar ou me dar algumas luzes para resolver problemas cotidianos. Os sonhos me serviram no ofício de escrever e sempre figuram nos meus livros, e às vezes os amantes se encontram no mesmo sonho. Na breve cena selecionada aqui, Eva Luna descobre num sonho seu amor por Rolf Carlé.*

Trabalhava-se de sol a sol, alguns sangrando as árvores para lhes tirar a vida, gota a gota, outros cozinhando o líquido recolhido para condensá-lo e transformá-lo em grandes bolas. O ar livre estava doente com o cheiro da goma queimada, e o ar nos dormitórios coletivos estava doente com o suor dos homens. Nesse lugar, nunca pude respirar fundo. Davam-nos milho para comer, banana e o estranho conteúdo de umas latas, que nunca provei, porque nas latas não pode crescer nada de bom para os humanos. Numa das pontas do acampamento tinham construído uma cabana grande, em que mantinham as mulheres. Depois de duas semanas trabalhando com a borracha, o capataz entregou-me um pedaço de papel e mandou-me ir aonde elas estavam. Também me deu um copo de licor, que despejei no chão, porque já vi o quanto aquela água destrói a prudência. Fiquei na fila, como todos os outros. Eu era o último, e, quando chegou a minha vez de entrar na cabana, o sol já se tinha posto, e começava a noite com o seu estrépito de sapos e papagaios.

Ela era da tribo dos Ila, os de coração doce, de onde vêm as moças mais delicadas. Alguns homens viajam durante meses para se aproximar dos Ila, levam-lhes presentes e caçam para eles, na esperança de conseguir uma de suas mulheres. Eu a reconheci, apesar de sua aparência de lagarto, porque minha mãe também era Ila. Estava nua, sobre uma esteira, amarrada pelo tornozelo a uma corrente fixa no chão, adormecida como se tivesse aspirado pelo nariz o *yopo* da acácia, tinha o cheiro dos cães doentes e estava molhada pelo orvalho de todos os homens que tinham estado em cima dela antes de mim. Era do tamanho de uma criança de poucos anos, seus ossos soavam como pedrinhas do rio. As mulheres Ila tiram todos os pelos do corpo, até as pestanas, enfeitam as orelhas com penas e flores, atravessam paus polidos na face e no nariz, pintam desenhos em todo o corpo com cores, o vermelho do urucu, o roxo da palmeira e o negro do carvão. Mas ela já não tinha nada disso. Deixei minha faca no chão e saudei-a como irmã, imitando alguns cantos de pássaros e o ruído dos rios. Ela não respondeu. Bati-lhe com força no peito, para ver se seu espírito ressoava entre as costelas, mas não houve eco; sua alma estava muito débil e já não me podia responder. De cócoras a seu lado, dei-lhe de beber um pouco de água e falei-lhe na língua de minha mãe. Ela abriu os olhos e olhou longamente. Compreendi.

Antes de nada lavei-me sem desperdiçar água limpa. Enchi a boca com um bom sorvo e lancei-o em jorros finos nas minhas mãos, que esfreguei bem, depois limpei o rosto. Fiz o mesmo com ela, para lhe tirar o orvalho dos homens. Tirei as calças que o capataz me dera. Da corda que me rodeava a cintura pendiam os meus paus para fazer fogo, algumas pontas de flechas, o meu rolo de tabaco, a minha faca de madeira com um dente de ratazana na ponta e uma bolsa de couro bem firme, onde havia um pouco de curare. Pus um pouco dessa pasta na ponta da faca, inclinei-me sobre a mulher e, com o instrumento envenenado, abri-lhe um corte no pescoço. A vida é um presente dos deuses. O caçador mata para alimentar a família, ele procura não provar a carne da sua presa e prefere que outro caçador lhe ofereça. Por vezes, desgraçadamente, um homem mata outro na guerra, mas nunca poderá causar dano a uma mulher ou a uma criança. Ela me olhou com grandes olhos, amarelos como o mel, e pareceu-me que quis sorrir agradecida. Por ela eu tinha violado o primeiro tabu dos Filhos da Lua e teria de pagar minha vergonha com muitos trabalhos de expiação. Aproximei minha orelha de sua boca, e ela murmurou seu nome. Repeti-o duas vezes na minha mente para estar bem seguro, mas sem pronunciar em voz alta, porque não se devem nomear os mortos para não lhes perturbar a paz, e ela já estava morta, embora seu coração palpitasse ainda. Logo percebi que se lhe paralisavam os músculos do ventre, do peito e dos membros, perdeu a respiração, mudou de cor, deixou escapar um suspiro, e seu corpo morreu sem lutar, como morrem as crianças pequeninas.

Senti imediatamente que o espírito lhe saía pelas narinas e entrava em mim, agarrando-se ao meu esterno. Todo o peso dela caiu sobre mim, e tive de fazer algum esforço para me pôr em pé, porque me movia com dificuldade, como se estivesse debaixo d'água. Dobrei-lhe o corpo na posição do último descanso, com os joelhos tocando o queixo, amarrei-a com as cordas da esteira, fiz uma pilha com os restos da palha e usei os meus paus para fazer fogo. Quando vi que a fogueira ardia bem, saí lentamente da cabana, pulei a cerca do acampamento com muita dificuldade, porque ela me puxava para baixo, e dirigi-me ao bosque. Tinha alcançado as primeiras árvores quando ouvi as sirenes de alarme.

Durante o primeiro dia caminhei sem parar nem por um instante. No segundo dia fabriquei um arco e algumas flechas, com o que pude caçar para ela e também para mim. O guerreiro que carrega o peso de outra vida humana deve jejuar durante dez dias, a fim de enfraquecer o espírito do defunto, que finalmente se desprende e vai para o território das almas. Se não o faz, o espírito engorda com os alimentos e cresce dentro do homem até sufocá-lo. Vi alguns de fígado valente morrerem assim. Mas, antes de cumprir esses requisitos, eu devia conduzir o espírito da mulher Ila até a vegetação mais escura, onde nunca fosse encontrado. Comi muito pouco, apenas o suficiente para não a matar pela segunda vez. Cada porção na minha boca tinha gosto de carne podre, e cada sorvo de água era amargo, mas obriguei-me a beber para nos alimentarmos os dois. Durante uma volta completa da lua entrei pela selva adentro, levando a alma da mulher, que cada dia pesava mais. Falávamos muito. A língua dos Ila é livre e soa debaixo das árvores com um longo eco. Comunicamo-nos um com o outro cantando, com todo o corpo, com os olhos, a cintura, os pés. Repeti-lhe as lendas que aprendi com minha mãe e meu pai, contei-lhe o meu passado, e ela contou-me a primeira parte do seu, quando era uma jovem alegre que brincava com os irmãos, lambuzando-se de barro e balançando nos ramos mais altos. Por delicadeza, não mencionou o tempo de desditas e humilhações. Cacei um pássaro branco, arranquei-lhe as melhores penas e fiz-lhe adornos para as orelhas. À noite, mantinha uma pequena fogueira acesa, para que ela não sentisse frio e para que os jaguares e as serpentes não incomodassem o seu sono. Banhei- a no rio com cuidado, esfregando-a com cinza e flores esmagadas, para lhe tirar as más recordações.

Um dia, chegamos finalmente ao local preciso e já não tínhamos mais pretextos para continuar a andar. Ali, a selva era tão densa, que em alguns pontos tive de abrir caminho cortando a vegetação com a faca e até com os dentes, e falávamos em voz baixa, para não alterar o silêncio do tempo. Escolhi um lugar perto de um fio de água, levantei um telhado de folhas e fiz uma rede para ela, com três grandes pedaços de casca. Com a faca raspei a cabeça e comecei o jejum.

Durante o tempo em que caminhamos juntos, a mulher e eu, amamo-nos tanto, que já não desejávamos separar-nos, mas o homem não é dono da vida, nem sequer da sua, por isso tive de cumprir com a minha obrigação. Por muitos dias nada levei à boca, apenas poucos goles de água. À medida que as forças enfraqueciam, ela ia se desprendendo do meu abraço, e o seu espírito, cada vez mais etéreo, já não me pesava como antes. Passados cinco dias, ela deu os primeiros passos pelos arredores, enquanto eu dormitava, mas, não estando pronta ainda para continuar a viagem sozinha, voltou para o meu lado. Repetiu essas excursões várias vezes, afastando-se cada vez um pouco mais. A dor da sua partida era para mim tão terrível quanto a de uma queimadura. Tive de recorrer a todo o valor aprendido com meu pai para não a chamar pelo nome, em voz alta, atraindo-a para mim de novo, para sempre. No décimo segundo dia sonhei que ela voava como um tucano por cima das copas das árvores e acordei com o corpo muito leve e com vontade de chorar. Ela tinha ido embora, definitivamente. Peguei minhas armas e andei muitas horas até chegar a um braço do rio. Mergulhei na água até a cintura, fisguei um pequeno peixe com um pau afiado e o engoli inteiro, com escamas e cauda. De imediato, vomitei-o com um pouco de sangue, como deve ser. Já não me sentia triste. Aprendi, então, que, algumas vezes, a morte é mais poderosa do que o amor. E fui caçar, para não regressar à minha aldeia de mãos vazias.

(De "Walimai", *Contos de Eva Luna*)

A mais antiga paroquiana do salão, que em meio século não faltou nem um sábado ao Pequeno Heidelberg, era a menina Eloísa, dama minúscula, branda e suave, com pele de papel de arroz e uma coroa de cabelos transparentes. Por tanto tempo ganhou a vida fabricando bombons em sua cozinha, que o aroma do chocolate a impregnou completamente, deixando-a recender a festa de aniversário. Apesar da idade, ainda mantinha alguns gestos da primeira juventude e era capaz de passar toda a noite às voltas na pista de baile sem despentear os caracóis do coque nem perder o ritmo do coração. Tinha chegado ao país nos princípios do século, proveniente de uma aldeia do sul da Rússia, com a mãe, então de beleza deslumbrante. Viveram juntas fabricando chocolates, completamente alheias aos rigores do clima, do século e da solidão, sem maridos, sem família, sem grandes sobressaltos e sem outra diversão que o Pequeno Heidelberg, todos os fins de semana. Desde que morrera a mãe, a menina Eloísa aparecia sozinha. Dom Rupert recebia-a à porta com grande deferência e a acompanhava até a mesa, enquanto a orquestra lhe dava as boas-vindas com os primeiros acordes de sua valsa favorita. Em algumas mesas erguiam-se canecas de cerveja para saudá-la, porque era a pessoa mais velha e, sem dúvida, a mais querida. Era tímida; nunca se atreveu a convidar um homem para dançar, mas durante todos aqueles anos não teve necessidade de fazê-lo, porque para qualquer um representava privilégio pegar sua mão, enlaçá-la pela cintura com delicadeza para não lhe desconjuntar qualquer ossinho de cristal e levá-la até a pista. Era bailarina graciosa e exalava aquela fragrância doce, capaz de dar a quem dela se aproximasse as melhores recordações da infância.

O capitão sentava-se sozinho, sempre à mesma mesa, bebia com moderação, e nunca demonstrou nenhum entusiasmo pelo guisado afrodisíaco de Dona Burgel. Seguia o ritmo da música com um pé e, quando a menina Eloísa estava livre, convidava-a, perfilando-se-lhe à frente com discreto bater dos saltos e sutil inclinação. Nunca falavam, olhavam-se apenas e sorriam entre os galopes, fugas e diagonais de uma dança antiga.

Num sábado de dezembro, menos úmido do que os outros, chegou ao Pequeno Heidelberg um par de turistas. Desta vez não eram os disciplinados japoneses dos últimos tempos, mas uns escandinavos altos, de pele queimada e cabelos claros, que se instalaram numa mesa observando os bailarinos, fascinados. Eram alegres e ruidosos, batiam as canecas de cerveja, riam-se com gosto e falavam aos gritos. As palavras dos estrangeiros chegaram ao capitão, à sua mesa, e de muito longe, de outro tempo e outra paisagem, chegou-lhe o som da própria língua, inteira e fresca, como recém-inventada, palavras que há décadas não ouvia, mas que permaneciam intactas na sua memória. Uma expressão suavizou-lhe o rosto de velho navegante, fazendo-o vacilar por alguns minutos entre a reserva absoluta em que se sentia cômodo e o deleite quase esquecido de se abandonar a uma conversa. Por fim, pôs-se de pé e aproximou-se dos desconhecidos. Atrás do bar, Dom Rupert observou o capitão, que estava dizendo qualquer coisa aos recém-chegados, ligeiramente inclinado, com as mãos nas costas. Logo os outros clientes, as moças e os músicos deram-se conta de que aquele homem falava pela primeira vez desde que o conheciam e também ficaram quietos para ouvi-lo melhor. Tinha voz de bisavô, apagada e lenta, mas punha grande determinação em cada frase. Quando acabou de tirar todo conteúdo do seu peito, fez-se tal silêncio no salão, que Dona Burgel saiu da cozinha para saber se alguém havia morrido. Por fim, depois de longa pausa, um dos turistas tomou coragem e chamou Dom Rupert para dizer, em inglês primitivo, que o ajudasse a traduzir o discurso do capitão. Os nórdicos seguiram o velho marinheiro até a mesa onde a menina Eloísa aguardava, e Dom Rupert aproximou- se também, tirando o avental pelo caminho, com a intuição de algum acontecimento solene. O capitão disse algumas palavras no seu idioma, um dos estrangeiros interpretou-as em inglês, e Dom Rupert, com as orelhas vermelhas e o bigode trêmulo, repetiu tudo no seu espanhol retorcido.

— Menina Eloísa, o capitão pergunta se quer casar com ele.

A frágil anciã permaneceu sentada com os olhos redondos de surpresa e a boca oculta pelo lenço de batista, e todos esperaram, suspensos num suspiro, até que ela conseguisse falar.

— Não lhe parece um pouco precipitado? — cochichou.

Suas palavras passaram pelo taberneiro e pelos turistas, e a resposta fez o mesmo percurso, ao contrário.

— O capitão diz que esperou quarenta anos para dizer isso e que não poderia esperar até que volte a aparecer alguém que fale o seu idioma. Pede que lhe responda agora, por favor.

— Está bem — sussurrou Eloísa, e não foi necessário traduzir a resposta, porque todos a compreenderam.

Dom Rupert, eufórico, ergueu os braços e anunciou o compromisso, o capitão beijou as faces da noiva, os turistas apertaram as mãos de todos, os músicos tocaram os instrumentos numa algazarra de marcha triunfal, e os assistentes fizeram uma roda em torno do par. As mulheres limpavam as lágrimas, os homens brindavam, emocionados, Dom Rupert sentou-se à frente do bar e escondeu a cabeça entre os braços, sacudido pela emoção, enquanto Dona Burgel e as duas filhas abriam garrafas do melhor rum. Em seguida, os músicos tocaram a valsa *Danúbio Azul* e todos saíram da pista.

O capitão pegou a mão da suave mulher que tinha amado sem palavras por tanto tempo e levou-a até o centro do salão, onde dançaram com a leveza de duas garças em dança nupcial. O capitão segurava-a com o mesmo cuidado amoroso com que na sua juventude apanhava o vento nas velas de alguma nave etérea, levando-a pela pista como se navegasse as macias ondas de uma baía, enquanto lhe dizia no seu idioma de neves e bosques tudo o que o seu coração tinha calado até aquele momento. Dançando, dançando sempre o capitão sentia que se lhes ia recuando a idade, e, a cada passo, estavam mais alegres e leves. Uma volta, depois outra, os acordes da música mais vibrantes, os pés mais rápidos, a cintura dela mais delgada, o peso de sua mãozinha na dele mais leve, a sua presença mais incorpórea. Então, ele viu que a menina Eloísa se ia tornando renda, espuma, névoa, até se tornar imperceptível e, por último, desaparecer de todo, e ele se viu girando, girando com os braços vazios, sem outra companhia que um tênue aroma de chocolate.

O tenor indicou-o aos músicos que se dispuseram a continuar tocando a mesma valsa para sempre, porque compreenderam que, com a última nota, o capitão acordaria do sonho e que a recordação da menina Eloísa se esfumaria definitivamente. Comovidos, os velhos paroquianos do Pequeno Heidelberg permaneceram imóveis nas cadeiras, até que por fim a Mexicana, a arrogância transformada em caridosa ternura, se levantou, avançando discretamente até as mãos tremementes do capitão, para dançar com ele.

(De "O pequeno Heidelberg", *Contos de Eva Luna*)

Bernardo galopou dois dias montanha acima até a aldeia da sua tribo para se despedir de Raio da Noite. Ela o estava esperando, pois o correio dos índios havia espalhado a notícia de sua viagem com Diego de la Vega. Ela lhe deu a mão e o levou ao rio para lhe perguntar o que havia do outro lado do oceano e quando ele pensava em voltar. O rapaz fez um desenho tosco no chão com um pauzinho, mas não pôde fazê-la compreender as imensas distâncias que separavam a sua aldeia da Espanha mítica, porque ele próprio não conseguia imaginá-las. Padre Mendoza havia-lhe mostrado um mapa-múndi, mas aquela bola pintada não lhe podia dar nenhuma ideia da realidade. Quanto ao regresso, explicou-lhe com sinais que não sabia com certeza, mas seriam muitos anos. "Nesse caso, quero que você leve algo meu como recordação", disse Raio da Noite. Com os olhos brilhantes e um olhar de sabedoria milenária, a moça se despojou dos colares de sementes e penas, da faixa vermelha da cintura, das suas botas de coelho, da sua túnica de pele de cabrito, e ficou nua na luz dourada que se filtrava em pontinhos entre as folhas das árvores. Bernardo sentiu que o seu sangue se convertia em melaço, que se afogava de assombro e agradecimento e que a sua alma escapava em suspiros. Não sabia o que fazer diante daquela criatura extraordinária, tão diferente dele, tão bela, que se oferecia a ele como a mais esplêndida das dádivas. Raio da Noite pegou-lhe uma das mãos e a colocou sobre um de seus seios, pegou-lhe a outra e a pôs na sua cintura, depois levantou os braços e começou a desfazer a trança de seus cabelos, que caíram como uma cascata de plumas de corvo sobre os seus ombros. Bernardo lançou um soluço e murmurou o seu nome, Raio da Noite, a primeira palavra que ela escutava dele. A jovem recolheu com um beijo o som do seu nome e continuou beijando Bernardo e molhando o seu rosto com lágrimas adiantadas, pois, antes mesmo de que ele fosse embora, ela já sentia saudades suas. Horas mais tarde, quando Bernardo despertou da absoluta felicidade em que o amor o havia mergulhado e pôde voltar a pensar, atreveu-se a sugerir a Raio da Noite o impensável: que ficassem juntos para sempre. Ela lhe respondeu com uma gargalhada alegre e lhe fez ver que ainda era um menino e que talvez a viagem o ajudasse a se tornar um homem.

(De Zorro)

Sonhei que fazia amor em um balanço em movimento. Via meus joelhos e coxas entre os babados de renda e tafetá de uma anágua amarela, subia para trás suspensa no ar e via abaixo o sexo poderoso de um homem, esperando-me. O balanço se detinha alguns segundos no alto, eu erguia o rosto para o céu, que se tornara purpúreo, para em seguida descer velozmente e encravar-me. Abri os olhos, assustada, para ver-me envolta em uma névoa quente. Ouvi os sons perturbadores do rio ao longe, o clamor dos pássaros noturnos e as vozes dos animais na floresta. O tecido áspero da rede me arranhava as costas através da blusa e os mosquitos atormentavam-me, porém não pude mover-me para espantá-los, estava aturdida. Tornei a mergulhar em pesado torpor, encharcada de suor, desta vez sonhando que navegava em um bote estreito, abraçada a um amante cujo rosto era coberto por uma máscara de Matéria Universal, que me penetrava a cada impulso das ondas, deixando-me cheia de machucaduras, tumefacta, sedenta e feliz, beijos tumultuados, presságios, o canto daquela selva ilusória, um dente de ouro entregue em dádiva de amor, um saco de granadas que explodiam sem ruído, semeando o ar de insetos fosforescentes. Acordei sobressaltada na penumbra da choça e, por um momento, não soube onde me encontrava e nem o que significava aquele estremecimento em meu ventre. Como de outras vezes, não recebi o fantasma de Riad Halabí, acariciando-me desde o outro lado da memória, mas a silhueta de Rolf Carlé, sentado no chão à minha frente, as costas apoiadas na mochila, uma perna dobrada e a outra estendida, os braços cruzados ao peito, observando-me. Não pude distinguir-lhe.

— O que há com você? — sussurrei.

— O mesmo que com você — replicou ele, também em voz baixa para não acordar os outros. — Acho que estava sonhando...

— Eu também.

(De *Eva Luna*)

AMOR DURÁVEL

Amor durável

> Quando o marido e o amante são a mesma pessoa, talvez se perca boa parte da diversão, mas há mais tempo para ver filmes. Eu gosto de filmes...
>
> (De *Afrodite*)

Confesso que, ao organizar o material deste livro, eu não via a hora de chegar a este capítulo, porque o amor longo, bem vivido e sofrido, é o que mais me interessa e também é o mais difícil de relatar, porque carece de suspense. A paixão é muito valiosa sob o ponto de vista literário e cinematográfico, já que as peripécias de dois seres consumidos pelo desejo nos excitam a todos; isso explica o sucesso da pornografia, embora, nesse caso, o desejo seja fingido. Em qualquer narrativa, inclusive nos contos de fadas, os personagens enfrentam aventuras e vencem os vilões para chegar ao prêmio final: um beijo (ou algo mais), no qual tudo se conclui. Esse beijo indica a felicidade imutável do casal, congelada no tempo e no espaço, mas na vida real o beijo é só o primeiro passo de um longo caminho semeado de obstáculos. Voltemos por um instante a Romeu e Julieta, os quais já usei como exemplo nestas páginas: o que seria deles se, em vez de morrer, tivessem se casado? Romeu andaria vendendo sonetos pelas ruas de Verona; Julieta, gorda e entediada, estaria criando meia dúzia de fedelhos e, no célebre balcão, haveria roupa pendurada secando ao sol. Os inimigos do casal já não seriam os Capuleto e os Montecchio, e, sim, a rotina da existência. Mas talvez os dois, com determinação e boa sorte, conseguissem preservar o encantamento que os transtornou na adolescência e envelhecessem juntos, amando-se. Essa seria uma história original e maravilhosa, mas não inspiraria Shakespeare porque lhe faltam sangue, veneno, adaga e maldade.

Não é por acaso que, na maioria das relações amorosas e dos encontros sexuais dos meus livros, a iniciativa vem da mulher. Em minhas fantasias românticas, eróticas ou literárias, a submissão feminina não importa para nada, é um estorvo. Apesar dos sucessos da liberação feminina, nós mulheres ainda investimos no casal mais do que os homens, lutamos para conservar o amor e, quando este falha, preferimos terminar de uma vez, ao passo que eles, em sua maioria, podem continuar marcando passo numa relação medíocre, só para não alterar sua rotina, e, se decidem se separar, geralmente é porque se apaixonaram por outra. Creio que a durabilidade do amor depende, em grande medida, da mulher, porque ela está biológica e culturalmente sintonizada com as emoções e a intuição; isso traz certa vantagem, nos casais heterossexuais. O clichê de que os homens são simples, transparentes e polígamos contém alguma verdade, como todos os clichês, e uma mulher sensata pode decifrar facilmente a natureza de seu companheiro, manipulá-lo e lhe dar boas razões para permanecer no ninho, sempre que o sujeito não seja um psicopata, claro. Peço perdão por esta tremenda generalização!

A noite estava agradável. Na luz virginal se esfumava a paisagem, perdiam-se os perfis dos morros e dos grandes eucaliptos envoltos na sombra. A choça se levantava sobre a colina apenas visível na suave penumbra, brotada do solo como um fruto natural. Em comparação com a mina, seu interior pareceu aos jovens tão acolhedor como um ninho. Acomodaram-se num canto sobre a erva agreste, olhando o céu estrelado em cuja abóbada infinita brilhava uma lua de leite. Irene colocou a cabeça no ombro de Francisco e chorou toda sua angústia. Ele a rodeou com uma braço e assim ficaram muito tempo, talvez horas, buscando na quietude e no silêncio alívio para o que haviam descoberto, forças para o que deveriam suportar. Descansaram juntos escutando o leve rumor das folhas dos arbustos movidas pela brisa, o grito próximo das aves noturnas e o sigiloso movimento das lebres nos pastos.

Pouco a pouco se afrouxou o nó que oprimia o espírito de Francisco. Percebeu a beleza do céu, a suavidade da terra, o cheiro intenso do campo, o contato de Irene contra seu corpo.

Adivinhou seus contornos e tomou consciência do peso de sua cabeça em seu braço, da curva de seu quadril contra o seu, dos cachos acariciando o peito, a impalpável delicadeza de sua blusa de seda tão fina como a textura de sua pele. Lembrou o dia em que a conheceu, quando seu sorriso o deslumbrou. Desde então a amava e todas as loucuras que o conduziram a essa caverna eram só pretextos para chegar finalmente a esse instante precioso em que a tinha para ele, próxima, abandonada, vulnerável. Sentiu o desejo como uma vaga premente e poderosa. O ar ficou preso em seu peito e seu coração disparou em frenético galope. Esqueceu o noivo tenaz, Beatriz Alcântara, seu incerto destino e todos os obstáculos entre os dois. Irene seria sua porque assim estava escrito desde o começo do mundo.

Ela notou a mudança em sua respiração, ergueu o rosto e fitou-o. Na tênue claridade da lua cada um adivinhou o amor nos olhos do outro. A tépida proximidade de Irene envolveu Francisco com um manto misericordioso. Fechou as pálpebras e a atraiu buscando seus lábios, abrindo-os em um beijo absoluto, carregado de promessas, síntese de todas as esperanças, longo, úmido, cálido beijo, desafio à morte, carícia, fogo, suspiro, lamento, soluço de amor. Percorreu sua boca, bebeu sua saliva, aspirou seu alento, disposto a prolongar aquele momento até o fim de seus dias, sacudido pelo furacão de seus sentidos, certo de até então só ter vivido nada mais que para essa noite maravilhosa na qual submergiria para sempre na mais profunda intimidade dessa mulher. Irene mel e sombra, Irene papel de arroz, pêssego, espuma, ai Irene a espiral de tuas orelhas, o olor de teu colo, as pombas de tuas mãos, Irene, sentir este amor, esta paixão que nos queima na mesma fogueira, sonhando-te acordado, desejando-te dormindo, vida minha, minha mulher, minha Irene. Não soube quanto mais lhe disse nem o que ela sussurrou nesse murmúrio sem pausa, nesse manancial de palavras ao ouvido, esse rio de gemidos e sufocos de quem faz o amor amando.

Numa centelha de juízo ele compreendeu que não devia ceder ao impulso de rolar com ela sobre a terra, tirando-lhe a roupa com violência e arrebentando suas vestes na urgência do delírio. Temia que a noite fosse muito curta e também a vida para esgotar esse vendaval. Com lentidão e certo embaraço, porque as mãos lhe tremiam, abriu um por um os botões de sua blusa e descobriu o côncavo tépido de suas axilas, a curva de seus ombros, os seios pequenos e a nudez dos seus mamilos, tal como os havia intuído ao sentir seu contato nas costas quando viajavam na moto, ao vê-la inclinada sobre a mesa de diagramação, ao estreitá-la no abraço de um beijo inolvidável. Na concavidade de suas palmas se aninharam duas andorinhas tímidas e secretas, nascidas na medida de suas mãos, e a pele da jovem, azul de lua, estremeceu ao contato. Levantou-a pela cintura, ela de pé e ele ajoelhado, buscou o calor oculto de seus seios, fragrância de madeira, amêndoa e canela; desatou as tiras de suas sandálias e apareceram seus pés de menina, que acariciou reconhecendo-os, porque os sonhara inocentes e leves. Abriu-lhe o fecho da calça e baixou-a revelando o terso caminho de seu ventre, a sombra de seu umbigo, a longa linha da espádua que percorreu com dedos fervorosos, suas coxas firmes cobertas de uma intangível penugem dourada. Viu-a nua contra o infinito e com os lábios traçou seus caminhos, cavou seus túneis, subiu suas colinas, andou seus vales e assim desenhou os mapas necessários de sua geografia. Ela se ajoelhou também e ao mover a cabeça balançaram as escuras mechas sobre seus ombros, perdidas na cor da noite. Quando Francisco tirou a roupa, foram como o primeiro homem e a primeira mulher antes do segredo original. Não havia espaço para outros, longe se encontrava a fealdade do mundo ou a iminência do fim, só existia a luz desse encontro.

Irene jamais amara assim, ignorava aquela entrega sem barreiras, temores sem reservas, não se lembrava de ter sentido tanto prazer, comunicação profunda, reciprocidade. Maravilhada, descobria a forma nova e surpreendente do corpo de seu amigo, seu calor, seu sabor, seu aroma, explorava-o conquistando-o palmo a palmo, semeando-o de carícias recém-inventadas. Nunca fruíra com tanta alegria a festa dos sentidos, pega-me, possua-me, receba-me, porque assim, do mesmo modo, te pego, te possuo, te recebo eu. Ocultou o rosto em seu peito aspirando a tepidez de sua pele, mas ele a afastou levemente para fitá-la. O espelho negro e brilhante de seus olhos devolveu sua própria imagem embelezada pelo amor retribuído. Passo a passo iniciaram as etapas de um rito imorredouro. Ela o acolheu e ele se abandonou, afundando em seus mais privados jardins, antecipando-se cada um ao ritmo do outro, avançando para o mesmo fim. Francisco sorriu em completa felicidade, porque havia encontrado a mulher perseguida em suas fantasias desde a adolescência e buscada em cada corpo ao longo de muitos anos: a amiga, a irmã, a amante, a companheira. Longamente, sem pressa, na paz da noite habitou nela, detendo-se no limiar de cada sensação, saudando o prazer, tomando posse ao mesmo tempo que se entregava. Muito depois, quando sentiu vibrar o corpo dela como um delicado instrumento e um fundo suspiro saiu de sua boca para alimentar a sua, uma formidável represa explodiu em seu ventre e a força dessa torrente o sacudiu, inundando Irene de águas felizes.

Permaneceram estreitamente unidos em tranquilo repouso, descobrindo o amor em plenitude, respirando e palpitando em uníssono até que a intimidade renovou seu desejo. Ela o sentiu crescer de novo em seu interior e buscou seus lábios em interminável beijo. Com o céu por testemunha, arranhados por calhaus, cobertos de pó e folhas secas amassadas na desordem do amor, premidos por um ardor inesgotável, uma desmedida paixão, brincaram sob a lua até que a alma lhes partiu em suspiros e suores e morreram, por último, abraçados, com os lábios colados, sonhando o mesmo sonho.

(De *De amor e de sombra*)

Juntamente com milhares de outros feridos, Severo del Valle foi levado de navio para o Chile. Enquanto muitos morriam gangrenados ou infectados pelo tifo e a disenteria nas improvisadas enfermarias militares, ele conseguia recuperar-se graças a Nívea, que mal soube do ocorrido entrou em contato com seu tio, o ministro Vergara, e não o deixou em paz enquanto ele não mandou procurar Severo, retirou-o de um hospital onde não passava de um número entre milhares de doentes em condições fatídicas e o transferiu para Valparaíso no primeiro transporte disponível. Também forneceu uma permissão especial à sobrinha para que pudesse entrar na área militar da cidade e designou um tenente para ajudá-la. Quando Severo del Valle foi desembarcado, em uma padiola, Nívea não pôde reconhecê-lo; havia perdido vinte quilos, estava imundo, parecia um cadáver amarelo e hirsuto, com barba de várias semanas, olhos espavoridos e delirantes de louco. Nívea se sobrepôs ao espanto, com a mesma firme vontade de amazona que a sustentava em todas as lutas de sua vida, e o saudou com um alegre "Olá, primo, prazer em vê-lo!", que Severo não pôde responder. Aliviadíssimo pela sua presença, Severo cobriu o rosto com as mãos para que ela não o visse chorar. O tenente havia providenciado o transporte e, de acordo com as ordens recebidas, levou Nívea e o ferido diretamente para o palácio do ministro em Viña del Mar, onde a mulher de Vergara havia preparado um aposento para Severo. "Meu marido mandou dizer que você deverá ficar aqui até poder andar, filho", ela anunciou. O médico da família Vergara usou todos os recursos da ciência para devolver-lhe a saúde, porém um mês mais tarde, quando viu que a ferida não cicatrizava e que Severo continuava a debater-se em meio a violentos ataques de febre, Nívea compreendeu que sua alma continuava a sofrer os horrores da guerra e que o único remédio contra tanta inquietação era o amor, e então decidiu recorrer a medidas extremas.

— Vou pedir permissão a meus pais para me casar com você — ela anunciou a Severo.

— Mas eu estou morrendo, Nívea — ele suspirou.

— Você tem sempre alguma desculpa, Severo! A agonia nunca foi impedimento para que uma pessoa se case.

— Quer ser viúva sem ter sido esposa? Não quero que aconteça a você aquilo que me aconteceu com Lynn.

— Não serei viúva, porque você não vai morrer. Poderia me pedir humildemente que case com você, primo? Me dizer, por exemplo, que eu sou a mulher de sua vida ou algo parecido. Invente alguma coisa, homem! Diga que não pode viver sem mim, até porque isso é verdade, não é? Admito que não gostaria de ser a única parte romântica nesta relação.

— Você está louca, Nívea. Nem ao menos sou um homem inteiro, não passo de um pobre inválido.

— Falta-lhe alguma outra coisa além de um pedaço de perna? — ela perguntou, alarmada.

— Acha pouco? — Se tudo o mais estiver no lugar, Severo, penso que você perdeu muito pouco — ela disse, rindo.

— Pois então se case comigo, por favor — ele murmurou, com profundo alívio e um soluço atravessado na garganta, fraco demais para abraçá-la.

— Não chore, primo, me dê um beijo; para isso uma perna não faz falta — ela replicou, inclinando-se sobre a cama com o mesmo gesto que ele muitas vezes tinha visto em seus delírios. Três dias mais tarde casaram-se, numa breve cerimônia, realizada em um dos mais belos salões da residência do ministro, com a presença das duas famílias. Devido às circunstâncias foi um casamento privado; mas só os parentes mais próximos somavam noventa e quatro pessoas. Severo apareceu em uma cadeira de rodas, pálido e fraco, com o cabelo cortado à moda Byron, a barba feita, uma roupa de gala, com camisa de colarinho rígido, botões de ouro e uma gravata de seda. Não houve tempo para fazer um vestido de noiva nem um enxoval adequado para Nívea, mas suas irmãs e primas encheram dois baús com a roupa de casa que haviam passado anos bordando para os seus próprios enxovais. Ela usou um vestido de cetim branco e uma tiara de pérolas e diamantes, emprestados pela mulher de seu tio. Na fotografia da boda Nívea aparece radiante, de pé, ao lado da cadeira de seu marido. À noite houve uma representação dramática em família, à qual Severo del Valle não assistiu, pois as emoções do dia o haviam esgotado. Depois que os convidados se retiraram, Nívea foi conduzida por sua tia ao quarto que havia reservado para ela. "Lamento muito que sua primeira noite de casada seja assim...", murmurou a boa senhora, ruborizando-se. "Não se preocupe, tia, me consolarei rezando um rosário", a jovem replicou. Aguardou que a casa adormecesse e quando teve certeza de que nada mais se movia, exceto o vento salino do mar por entre as árvores do jardim, Nívea levantou-se de camisola, percorreu a passos largos aquele palácio alheio e entrou no quarto de Severo. A freira contratada para vigiar o sono do enfermo jazia desfeita em um sofá, profundamente adormecida, mas Severo estava desperto, esperando-a. Ela pôs um dedo nos lábios, pedindo silêncio, apagou as lâmpadas a gás e deitou-se na cama.

Nívea fora educada por monjas e vinha de uma família antiga, na qual jamais se mencionavam as funções do corpo, e muito menos aquelas relacionadas com a reprodução, mas estava com vinte anos, tinha uma boa memória e um coração apaixonado. Lembrava-se muito bem dos jogos clandestinos com seu primo nos recantos escuros da casa, da forma do corpo de Severo, da ansiedade do prazer sempre insatisfeito, da fascinação pelo pecado. Naquela época, o poder e a culpa os inibiam, e ambos saíam tremendo dos lugares proibidos, extenuados, a pele em chamas. Nos anos em que tinham vivido separados, teve de repassar cada instante compartido com o primo e transformar a curiosidade da infância em um amor profundo. Afora isso, havia explorado a fundo a biblioteca de seu tio José Francisco Vergara, homem de pensamento liberal e moderno, que não aceitava limitação alguma à sua inquietação intelectual e menos ainda se dispunha a tolerar a censura religiosa. Enquanto Nívea classificava os livros sobre a ciência, a arte e a guerra, descobriu casualmente o meio de ter acesso a uma prateleira secreta, na qual encontrou um conjunto nada desprezível de romances constantes da lista negra da Igreja, além de textos eróticos, entre os quais uma divertida coleção de desenhos japoneses e chineses com casais de pés para o ar, em posturas anatomicamente impossíveis, mas capazes de inspirar o mais ascético, e com maior razão uma personagem de tanta imaginação quanto Nívea. Contudo, os textos mais didáticos para ela foram os romances pornográficos de uma tal de *Dama Anônima*, muito mal traduzidos do inglês para o espanhol; a jovem levou alguns escondidos em sua bolsa, leu-os cuidadosamente e os repôs de forma sigilosa no mesmo lugar, precaução inútil, porque seu tio andava pelo teatro de guerra e ninguém mais naquele palácio tinha acesso à biblioteca. Guiada por aqueles livros, Nívia explorou o próprio corpo, aprendeu os rudimentos da mais antiga arte da humanidade e se preparou para o dia em que lhe seria possível levar a teoria à prática. Sabia, sem dúvida, que estava cometendo um horrível pecado — o prazer é sempre um pecado —, porém se absteve de discutir o tema com seu confessor, pois lhe parecia que o prazer que dava a si mesma naquele momento, e que voltaria a dar no futuro, valia o risco de ir para o inferno. Rezava para que a morte não a surpreendesse de repente e para que lhe fosse possível confessar, antes de exalar seu último suspiro, as horas de deleite que os livros lhe haviam oferecido. Jamais lhe havia passado pela cabeça que aquele entretenimento solitário um dia fosse servir para ajudá-la a devolver a vida ao homem que amava, e muito menos que teria de fazê-lo a três metros de uma freira adormecida. A partir daquela primeira noite com Severo, Nívea dava um jeito de levar uma xícara de chocolate quente e uns biscoitinhos para a religiosa na hora de despedir-se do marido e retirar-se para seu quarto. Só que ao chocolate era acrescentada uma dose de valeriana capaz de manter um camelo adormecido. Severo del Valle jamais havia imaginado que sua casta prima fosse capaz de proezas tão extraordinárias. À ferida na perna, que lhe causava dores pungentes, juntavam-se a febre e a fraqueza para limitá-lo a um papel puramente passivo, mas aquilo que lhe faltava em matéria de força era compensado por ela em termos de iniciativa e sabedoria. Severo não tivera, até então, a menor ideia de que tais acrobacias fossem possíveis e estava convencido de que não eram cristãs, mas isso não o impedia de gozá-las plenamente. Se não fosse pelo fato de conhecer Nívea desde a infância, teria pensado que sua prima fora treinada em um serralho turco, mas, embora o inquietasse a forma como a donzela havia aprendido tal variedade de truques de meretriz, foi inteligente o bastante para não fazer perguntas a respeito. Acompanhou-a com docilidade naquela viagem pelos sentidos até onde o corpo permitiu, entregando-lhe pelo caminho até o último resquício de sua alma. Embaixo dos lençóis os dois se buscavam conforme as maneiras descritas pelos pornógrafos da biblioteca do honrado ministro da guerra e depois com outras que eles próprios iam inventando, sob o aguilhão do amor e do desejo, embora limitados pelo coto de perna envolvido em bandagens e pela presença da monja que roncava em seu sofá. O amanhecer vinha surpreendê-los num emaranhado de braços, com as bocas unidas respirando em uníssono, e, assim que se insinuava a primeira luz do dia, ela deslizava como uma sombra de volta ao seu aposento. Aqueles jogos se transformaram em verdadeiras maratonas de concupiscência, os dois se acariciavam com apetite voraz, beijavam-se, lambiam-se, penetravam-se por todas as partes, tudo na mais completa escuridão, no mais absoluto silêncio, engolindo os suspiros e mordendo os travesseiros para sufocar a alegre luxúria que, naquelas noites excessivamente breves, elevava-os de vez em quando às alturas da glória. O relógio voava: mal Nívea irrompia no aposento, com a leveza de um espírito, a fim de introduzir-se na cama de Severo, e já era de manhã. Nenhum dos dois pregava os olhos, não podiam perder um minuto só daqueles benditos encontros. No dia seguinte ele dormia, até por volta das doze horas, como se fosse um recém-nascido; ela, porém, levantava-se cedo, com um ar confuso de sonâmbula, e cumpria todas as rotinas normais. À tarde, Severo del Valle saía para o terraço em sua cadeira de rodas e ali repousava contemplando o pôr do sol no oceano, enquanto Nívea, ao seu lado, tentava bordar pequenas mantas e acabava por adormecer. Diante dos outros, os dois se comportavam como irmãos, não se tocavam e quase não se olhavam, mas o ambiente ao redor deles estava carregado de ansiedade. Passavam o dia contando as horas, aguardando com delirante veemência que chegasse a hora de voltarem a abraçar-se na cama. O que faziam durante as noites teria horrorizado o médico, as duas famílias, a sociedade inteira, para não falar da monja. Os parentes e amigos, no entanto, comentavam a abnegação de Nívea, aquela jovem tão pura e tão católica, condenada a um amor platônico, e elogiavam a fortaleza moral de Severo, que havia perdido uma perna e arruinado a própria vida lutando em defesa da pátria. Em suas intrigas, as comadres espalhavam que Severo não havia perdido apenas uma perna, mas também seus atributos viris. Coitadinhos, lamentavam entre suspiros, sem suspeitar o quanto passava bem aquela parelha de dissipados. Uma semana depois de terem começado a anestesiar a religiosa com chocolate e fazer amor como os egípcios, a ferida deixada pela amputação havia cicatrizado e a febre desaparecido. Menos de dois meses depois Severo del Valle já andava de muletas e começava a falar de uma perna de madeira, enquanto Nívea revolvia as entranhas, escondida em algum dos vinte e dois banheiros do palácio de seu tio. Quando não houve mais jeito de ocultar da família a gravidez de Nívea, a surpresa foi tão geral e de tais proporções, que se chegou a atribuir o fato a um milagre. Sem dúvida, a mais escandalizada de todas era a freira, porém Severo e Nívea sempre suspeitaram que, apesar das superlativas doses de valeriana, a santa mulher teve oportunidade de aprender muitas coisas; fingia estar adormecida para não privar-se do prazer de espiá-los. O único que se mostrou capaz de imaginar como os dois haviam feito aquilo, e que celebrou a perícia do casal com uma sonora gargalhada, foi o ministro Vergara. Quando Severo pôde dar os primeiros passos com sua perna artificial e o ventre de Nívea não teve mais como ser dissimulado, ele ajudou o casal a instalar-se em outra casa e deu um emprego a Severo del Valle. "O país e o Partido Liberal necessitam de pessoas com uma audácia igual à sua", disse Vergara, embora, a bem da verdade, a audaciosa no caso fosse Nívea.

(De *Retrato em sépia*)

Santiago já era uma cidade de quinhentos habitantes, mas os mexericos circulavam tão depressa como numa aldeia, por isso decidi não perder tempo com melindres. Meu coração continuou dando saltos durante vários dias depois da conversa com o padre. Catalina me preparou uma água de *cochayuyo*,* umas algas secas do mar, que pôs de molho pela noite. Faz trinta anos que bebo esse líquido viscoso ao despertar, já me acostumei a seu sabor repugnante, e graças a isso estou viva. Nesse domingo me vesti com minhas melhores roupas, peguei você pela mão, Isabel, porque vivia comigo há meses, e cruzei a praça rumo à casa de Rodrigo de Quiroga na hora em que as pessoas saíam da missa, para que não ficasse ninguém sem me ver. Iam com a gente Catalina, coberta com seu manto negro e resmungando encantamentos em quéchua, mais eficazes que as rezas cristãs nestes casos, e Baltasar, com seu trotezinho de cachorro velho. Um índio me abriu a porta e me conduziu à sala, enquanto meus acompanhantes ficavam no pátio empoeirado, cheio de titica de galinhas. Dei uma olhada ao redor e compreendi que havia muito trabalho pela frente para transformar esse galpão militar, nu e feio, num lugar habitável. Supus que Rodrigo nem mesmo contava com uma

---

* Alga parda que mede até quinze metros, muito nutritiva e, dizem os cozinheiros, deliciosa, proveniente do Chile e outras zonas subantárticas. A palavra vem do quéchua: *kochu* (lagoa) e *yuyu* (hortaliça). (N.T.)

cama decente e dormia num catre de soldado; com razão você tinha se adaptado tão rápido às comodidades de minha casa. Seria necessário substituir esses móveis toscos de madeira e couro, pintar, comprar o necessário para cobrir as paredes e o chão, construir varandas, plantar árvores e flores, pôr fontes no pátio, substituir a palha do teto por telhas, enfim, teria distração para vários anos. Gosto de projetos. Instantes depois, entrou Rodrigo, surpreso, porque eu nunca o havia visitado em sua casa. Tinha tirado o gibão dominical e vestia calças e uma camisa branca de mangas largas, aberta no peito. Pareceu-me muito jovem e tive a tentação de sair correndo por onde havia entrado. Quantos anos aquele homem era mais novo que eu?

— Bom-dia, dona Inés. O que houve? Como está Isabel?

— Venho lhe propor casamento, dom Rodrigo. O que acha? — desembuchei de uma vez, porque não era possível ficar de rodeios em semelhantes circunstâncias.

Devo dizer, em honra a Quiroga, que tomou minha proposta com uma desenvoltura de comédia. Seu rosto se iluminou, levantou os braços para o céu e lançou um longo grito de índio, inesperado num homem de sua compostura. Claro que já conhecia os boatos do que acontecera no Peru com La Gasca e da estranha solução que ocorrera ao governador; todos os capitães comentavam, em especial os solteiros. Ele talvez suspeitasse que seria meu escolhido, mas era demasiado modesto para dar por certo. Quis lhe explicar os termos do acordo, mas não me deixou falar, me tomou em seus braços com tanta urgência, que me levantou do chão e, sem mais aquela, me tapou a boca com a sua. Então me dei conta de que eu também vinha esperando aquele momento há quase um ano. Agarrei-me a sua camisa com as duas mãos e lhe devolvi o beijo com uma paixão que há muito tempo levava adormecida ou enganada, uma paixão que tinha reservada para Pedro de Valdivia e que clamava por ser vivida antes que minha juventude se fosse. Senti a certeza de seu desejo, suas mãos em minha cintura, na nuca, nos cabelos, seus lábios em meu rosto e pescoço, seu cheiro de homem jovem, sua voz murmurando meu nome, e me senti plenamente venturosa. Como pude passar num minuto da dor por ter sido abandonada para a felicidade de me sentir amada? Naqueles tempos eu devia ser muito volúvel... Jurei naquele instante que seria fiel até a morte a Rodrigo e não só cumpri esse juramento ao pé da letra como, além disso, o amei durante trinta anos, cada dia mais. Foi muito fácil amá-lo. Rodrigo sempre foi admirável, nisso todo mundo estava de acordo, mas os melhores homens costumam ter graves defeitos que só se manifestam na intimidade. Não era o caso desse nobre fidalgo, soldado, amigo e marido. Nunca pretendeu que eu esquecesse Pedro de Valdivia, a quem respeitava e queria, inclusive me ajudou a preservar sua memória para que o Chile, tão ingrato, o honre como merece, mas se propôs fazer com que eu me apaixonasse por ele e o conseguiu.

(De *Inés da minha alma*)

Beijaram-se pela primeira vez, a princípio em tentativa, depois com curiosidade e logo com a paixão acumulada em muitos anos de enganar, com encontros banais, a necessidade de um amor. Leo Galupi levou aquela noiva imponderável para seu quarto, uma divisão alta, adornada com ninfas pintadas no gesso do teto, uma cama grande e almofadões de tecido antigo. Ela sentia a cabeça rodando, atordoada, e não soube se estava enjoada pela longa viagem ou pelos copos de vinho, não quis averiguar, abandonou-se àquela languidez, sem forças para impressionar Leo Galupi com sua camisola de renda preta nem com destrezas aprendidas com amantes anteriores. Atraiu-a seu cheiro de homem são, um cheiro limpo, sem ponta de fragrâncias artificiais, um pouco seco, como o do pão ou da madeira, meteu o nariz no ângulo do seu pescoço com o ombro, aspirando-o como um cão perdigueiro atrás de um rastro, os aromas persistiam em sua memória mais do que qualquer outra recordação, e, nesse momento, voltou-lhe a imagem de uma noite de Saigon, quando estavam tão perto que sentiu a marca de seu odor sem saber que ia permanecer com ela todos aqueles anos. Começou a desabotoar-lhe a camisa, mas os botões não passavam nas casas demasiado estreitas, então pediu-lhe, impaciente, que a tirasse.

Uma música de cordas chegava-lhe de muito longe, trazendo a milenária sensualidade da Índia àquela casa romana, banhada pela lua e pela vaga fragrância dos jasmins do jardim. Durante anos tinha feito amor com rapazes vigorosos e agora acariciava umas costas um pouco encurvadas e passava os dedos por uma testa ampla e por cabelos finos. Sentiu uma ternura complacente por aquele homem já maduro e por um momento tentou imaginar quantos caminhos e mulheres ele teria percorrido, mas imediatamente sucumbiu ao prazer de o abraçar sem pensar em nada. Sentiu-lhe as mãos tirando-lhe a blusa, a saia, as sandálias e ficarem vacilantes com as suas pulseiras. Nunca se despojava delas, eram a sua última couraça, mas considerou que havia chegado o momento de se desnudar completamente, sentou-se na cama para as tirar uma a uma. Caíram sobre o tapete sem ruído. Leo Galupi percorreu-a com beijos exploradores e mãos sábias, lambeu-lhe os mamilos ainda firmes, o caracol da orelha e o interior das coxas onde a pele palpitava ao menor contato, enquanto para ela o ar ia ficando mais denso, ofegando pelo esforço em respirar, uma quente urgência apoderava-se de seu ventre, fazia-lhe ondularem os quadris e saía-lhe em gemidos, até que não pôde aguentar mais, voltou-o e montou-o como uma animada amazona para se espetar nele, imobilizando-o entre as pernas na desordem dos almofadões. A impaciência ou a fadiga tornavam-na desajeitada, mexia-se como uma cobra procurando-o, mas escorregava na umidade do prazer e do suor do verão; por último começou a rir e deixou-se cair, esmagando-o com a dádiva dos seios, envolvendo-o na desordem de seus cabelos revoltos e dando-lhe instruções em espanhol que ele não compreendia. Ficaram assim abraçados, rindo, beijando-se e murmurando besteiras num rumor de idiomas misturados, até que o desejo foi mais forte, e numa dessas reviravoltas de cachorros, Leo Galupi abriu caminho sem pressa, firmemente, detendo-se em cada estação do caminho para a aguardar e conduzir até os últimos jardins, onde a deixou atuar sozinha até ela sentir que se afundava por um abismo de sombras e uma explosão feliz lhe sacudia todo o corpo. Depois foi a vez dele, enquanto ela o acariciava agradecida por aquele orgasmo absoluto e sem esforço. Finalmente adormeceram num novelo de pernas e braços. Nos dias que se seguiram descobriram que se divertiam juntos, ambos dormiam para o mesmo lado, nenhum dos dois fumava, gostavam dos mesmos livros, filmes e comidas, votavam no mesmo partido, detestavam esportes e viajavam regularmente para lugares exóticos.

— Não sei se sirvo para marido, Tamar — desculpou-se Leo Galupi, uma tarde numa *trattoria* da Via Venetto. — Preciso mover-me em liberdade, sou um vagabundo.

— É isso o que eu gosto em você, eu também o sou. Mas estamos numa idade em que não nos faria mal um pouco de tranquilidade.

— A ideia me dá medo.

— O amor nasce com o tempo... Não tem que me responder já, podemos esperar até amanhã — riu ela.

— Não é nada pessoal; se alguma vez decidir casar-me, só o farei com você, prometo.

— O que já é alguma coisa.

— Não é melhor sermos amantes?

— Não é a mesma coisa. Já não tenho idade para experiências. Quero um compromisso a longo prazo, dormir de noite abraçada a um companheiro permanente. Acha que teria atravessado meio mundo para lhe propor sermos amantes? Será agradável envelhecer de mãos dadas, vai ver — respondeu Cármen, categórica.

— Que horror! — exclamou Galupi, francamente pálido.

(De *O plano infinito*)

Na maturidade

Na maturidade

Em geral, fico com o homem da vez por um tempo considerável. Essa tendência às relações longas não é masoquismo ou falta de imaginação da minha parte, mas prudência. Mudar de parceiro é um problema: é preciso inventar novas estratégias para se encontrar em horas inusitadas, comprar roupa íntima sexy para dissimular a celulite, encarregar-se das fantasias eróticas do outro, e todas essas bobagens. É um aborrecimento e, na maioria dos casos, não vale a pena.

(De *Afrodite*)

Faz algum tempo, Willie repete a toda hora que "estamos nos desmanchando juntos". Sua intenção é carinhosa, mas, de tanto ouvi-lo, meu moral foi ao chão. Eu mantinha a esperança de que ele sempre me veria com olhos de apaixonado e sequer perceberia quando eu estivesse caindo aos pedaços. A bem da verdade, Willie e eu não estamos nos desmanchando no mesmo ritmo; modéstia à parte, vejo-me melhor do que ele, não só porque pinto o cabelo, me cuido e tenho cinco anos menos, mas também porque interiorizei a lição de Sofia Loren para parecer jovem: boa postura e não fazer ruídos de velhos. Nada de se queixar, suspirar, estalar, pigarrear, tossir, cuspir, soltar gases. Faz alguns anos que já não fantasio com algum ator de cinema repousando nu em uma banheira cheia de arroz com leite, mas sim com algo mais realista, por exemplo, Willie ao meu lado na cama, vendo televisão com a cachorrinha aos nossos pés. Bette Davis disse que envelhecer não é para pusilânimes e tinha razão, porque é necessária muita força de caráter quando a do corpo falha. Tudo muda quando cruzamos o umbral da terceira idade, desde a família, que começa a se desintegrar, até as atividades, os ideais e os interesses que antes nos apaixonavam e agora nos matam de tédio. Em todo caso, desmanchar-se acompanhada é muito melhor do que sozinha, e tenho a sorte de haver conseguido esse amor duradouro ao qual me referi no capítulo anterior. Segundo a minha mãe, a vida de casal é boa para a saúde, porque imuniza contra a crítica constante do parceiro, dá energia, flexibilidade e músculos para brigar, ensina a dormir nas piores condições e a digerir os bocados mais amargos, mas essa visão não combina com a minha. Eu diria que viver em parceria com Willie é bom para minha saúde porque me imuniza por igual contra a crítica negativa e a lisonja excessiva que recebo de outros, me dá energia, flexibilidade e músculos para escrever, me ensinou a dormir abraçada e a digerir os pratos suculentos que ele me prepara.

O casal de trajetória mais longa em meus livros é o de Esteban Trueba e Clara del Valle em A casa dos espíritos. *Sua relação é intensa, desequilibrada e violenta, mas os dois continuam juntos porque, naquela época e naquela sociedade conservadora e católica, ninguém se separava. Esteban ama sua mulher possessivamente e pretende dominá-la por completo para que ela só tenha vida com ele, mas Clara, assustada por esse marido ciumento e agressivo, se distancia dele e se refugia em seu mundo interior. No final, quando Esteban é um viúvo ancião, solitário, alquebrado por seus próprios erros e pelo sofrimento que causou a outros, o espírito de Clara acode para consolá-lo e então eles se reencontram. Ao selecionar essas passagens, tive muita pena deles e de muitos outros casais que perdem a oportunidade de se amar e de envelhecer de mãos dadas.*

Um dia Clara mandou colocar trinco na porta de seu quarto e não voltou a aceitar-me em sua cama, exceto naquelas ocasiões em que eu forçava tanto a situação, que negar-se teria significado a ruptura definitiva. Primeiro, imaginei que sofresse alguma dessas misteriosas indisposições que acometem as mulheres de vez em quando ou que se tratasse da menopausa, mas, quando o assunto se prolongou por várias semanas, decidi conversar com ela. Explicou-me com calma que nossa relação matrimonial se havia deteriorado e, por isso, perdera sua boa disposição para os embates carnais. Deduziu naturalmente que, se não tínhamos nada a nos dizer, também não poderíamos partilhar a mesma cama e estranhou o fato de que eu passasse todo o dia me enraivecendo com ela e, à noite, quisesse suas carícias. Tentei fazê-la entender que, nesse sentido, homens e mulheres são um pouco diferentes e que eu a adorava, apesar de todas as minhas manias, mas foi inútil. Naquele tempo eu era mais saudável e mais forte do que ela, apesar de meu acidente e de Clara ser mais nova. Com a idade eu emagrecera. Não tinha nem um grama de gordura no corpo e mantinha a mesma resistência e força da juventude. Podia passar todo o dia cavalgando, dormir estirado em qualquer lugar, comer o que fosse sem sentir a vesícula, o fígado e outros órgãos internos a que as pessoas se referem constantemente. Doíam-me os ossos, isso sim. Nas tardes frias ou nas noites úmidas a dor dos ossos esmagados no terremoto era tão intensa, que eu mordia o travesseiro para que ninguém ouvisse os meus gemidos. Quando não aguentava mais, enfiava um bom trago de aguardente e duas aspirinas goela abaixo, mas nem isso me aliviava. O estranho é que minha sensualidade se havia tornado mais seletiva com a idade, embora continuasse quase tão inflamável como em minha juventude. Gostava de olhar as mulheres, ainda gosto. É um prazer estético, quase espiritual. Só Clara, entretanto, despertava em mim o desejo concreto e imediato, porque em nossa longa vida em comum tínhamos aprendido a nos conhecer, e cada um guardava na ponta dos dedos a geografia precisa do outro. Ela sabia quais eram os meus pontos mais sensíveis, era capaz de me dizer exatamente o que eu precisava ouvir. Numa idade em que a maioria dos homens está enfadada de sua mulher e precisa do estímulo de outras para encontrar a chama do desejo, eu estava convencido de que só com Clara poderia fazer amor como nos tempos da lua de mel, incansavelmente. Não experimentava a tentação de procurar outras.

Lembro-me de que começava a assediá-la ao cair da noite. À tarde ela se sentava para escrever, e eu fingia saborear meu cachimbo, mas, na realidade, eu a espiava de rabo de olho. Mal desconfiava de que ia deitar-se — porque começava a limpar a pena e a guardar os cadernos — eu me adiantava. Ia claudicando até o banheiro, lavava-me, penteava-me, vestia um roupão atoalhado cor de vinho, que comprara para seduzi-la, mas de cuja existência ela nunca pareceu se dar conta, ficava de ouvido colado à porta e esperava-a. Quando a ouvia avançar ao longo do corredor, atacava-a. Tentei tudo, desde cobri-la de carícias e presentes até ameaçá-la de derrubar a porta e moê-la a bengaladas, mas nenhuma dessas opções resolvia o abismo que nos separava. Suponho que era inútil tentar fazê-la esquecer com minhas manifestações amorosas à noite o mau humor com que a tiranizava durante o dia. Clara evitava-me com aquele ar distraído que acabei por detestar. Não posso compreender o que nela tanto me atraía. Era uma mulher madura, sem nenhum coquetismo, que arrastava ligeiramente os pés e havia perdido a alegria injustificada que a tornava tão atraente na juventude. Clara não era sedutora nem terna comigo. Estou certo de que não me amava. Não havia razão para desejá-la dessa forma descomedida e brutal, que me afundava no desespero e no ridículo. Mas eu não podia evitar. Seus pequenos gestos, seu suave odor a roupa limpa e sabonete, a luz de seus olhos, a graça de sua nuca delgada coroada pelos caracóis rebeldes, tudo nela eu adorava. Sua fragilidade provocava em mim uma insuportável ternura. Queria protegê-la, abraçá-la, fazê-la rir como nos velhos tempos, voltar a dormir com ela a meu lado, sua cabeça em meu ombro, as pernas encolhidas sob as minhas, tão pequena e quente, sua mão em meu peito, vulnerável e preciosa. Às vezes, decidia castigá-la com uma fingida indiferença, mas ao cabo de alguns dias dava-me por vencido, porque Clara parecia muito mais tranquila e feliz quando eu a ignorava. Fiz um furo na parede do banheiro para vê-la nua, mas isso me deixava em tal estado de perturbação, que preferi voltar a fechá-lo com argamassa. Para feri-la, ameacei ir ao Farolito Rojo, mas seu único comentário foi que isso era melhor do que forçar as camponesas, o que estranhei, pois não imaginava que ela soubesse algo a esse respeito. Em face desse comentário, voltei a tentar as violações, com o único objetivo de aborrecê-la. Constatei então que o tempo e o terremoto tinham feito estragos em minha virilidade e que já não tinha forças para enlaçar pela cintura uma robusta camponesa e alçá-la sobre a garupa do cavalo, e, muito menos, arrancar-lhe a roupa e penetrá-la contra sua vontade. Estava na idade em que se necessita de ajuda e ternura para fazer amor. Tinha ficado velho, porra!

(De *A casa dos espíritos*)

Não posso falar a respeito disso. Porém, tentarei escrever. Passaram-se 20 anos, e durante muito tempo senti uma dor constante. Julguei que nunca poderia consolar-me, mas hoje, perto dos 90 anos, compreendo o que ela quis dizer quando nos assegurou de que não teria dificuldade em comunicar-se conosco, porque tinha muita prática nesses assuntos. Antes, eu andava como que perdido, procurando-a por todo lado. Todas as noites, ao deitar-me, imaginava-a comigo, como acontecia quando tinha todos os dentes e me amava. Apagava a luz, fechava os olhos e, no silêncio do quarto, procurava imaginá-la, chamava-a acordado, e dizem que também a chamava quando dormia.

Na noite em que morreu, tranquei-me com ela. Depois de tantos anos sem nos falarmos, partilhamos aquelas últimas horas repousando no veleiro de água mansa da seda azul, como ela gostava de se referir à sua cama, e aproveitei para lhe dizer tudo o que não pudera dizer antes, tudo o que eu tinha mantido calado desde a terrível noite em que a esbofeteei. Tirei-lhe a camisola e revistei-a com cuidado, procurando algum sinal de doença que justificasse sua morte, e, nada encontrando, soube que simplesmente havia cumprido sua missão nesta terra e voara para outra dimensão, onde seu espírito, finalmente livre dos pesos materiais, se sentiria melhor. Não havia nenhuma deformidade nem nada terrível em sua morte. Examinei-a detidamente, porque havia muitos anos que não tinha a oportunidade de observá-la à vontade, e, durante esse tempo, minha mulher havia mudado, como acontece a todos com o avançar da idade. Pareceu-me tão bela como sempre fora. Emagrecera, e julguei que houvesse crescido, que estivesse mais alta, mas logo compreendi que era um efeito ilusório, resultado de meu próprio encolhimento. Antes, sentia-me um gigante a seu lado, mas, ao deitar-me com ela na cama, notei que estávamos quase do mesmo tamanho. Mantinha sua touceira de cabelo encaracolado e rebelde — que me encantara quando nos casamos —, mas suavizada por mechas brancas que lhe iluminavam o rosto adormecido. Estava muito pálida, com sombras nos olhos, e notei, pela primeira vez, que tinha pequenas rugas muito finas em volta dos lábios e na testa. Parecia uma menina. Estava fria, mas era a mesma mulher doce de sempre, e pude falar-lhe tranquilamente, acariciá-la, dormir um pouco quando o sono venceu a dor, sem que o irremediável fato de sua morte alterasse nosso encontro. Enfim nos reconciliamos.

Ao amanhecer, comecei a vesti-la, para que todos a vissem bem-apresentada. Pus-lhe uma túnica branca que havia em seu armário e estranhei que tivesse tão pouca roupa, porque eu tinha a ideia de que era uma mulher elegante. Encontrei um par de meias de lã que lhe calcei para que seus pés não gelassem, porque era muito friorenta. Comecei a penteá-la com a intenção de armar o coque que costumava usar, mas, ao passar a escova, seus cachos se enrolaram, formando uma moldura em volta do rosto, e pareceu-me que assim ficava mais bonita. Procurei suas joias, para lhe pôr alguma, mas não as encontrei; então, conformei-me em colocar em seu dedo a aliança que eu usava desde nosso noivado, para substituir a que ela tirou quando rompeu comigo. Ajeitei os travesseiros, alisei a cama, pus algumas gotas de água-de-colônia em seu pescoço e abri a janela, para que entrasse a manhã. Logo que tudo ficou pronto, abri a porta e permiti que meus filhos e minha neta se despedissem dela. Encontraram Clara sorridente, limpa e bela como sempre fora. Eu havia diminuído 10 centímetros, meus pés nadavam nos sapatos, tinha o cabelo definitivamente branco, mas já não chorava.

(De *A casa dos espíritos*)

Na noite em que Eliza havia ousado, finalmente, percorrer os oito metros de corredor que separavam o seu quarto do de Tao Chi'en, suas vidas haviam mudado completamente, como se a golpes de machado tivessem cortado a própria raiz do passado. A partir daquela noite ardente não houve a menor possibilidade de recuo, tudo que havia era o desafio de abrir espaço em um mundo que não tolerava a mistura de raças. Eliza chegou descalça, vestindo sua camisola de dormir, tateando nas sombras; empurrou a porta de Tao Chi'en, certa de que a encontraria destrancada, pois tinha adivinhado que ele a desejava tanto quanto ela a ele, mas, apesar dessa certeza, sentia-se assustada ante a irreparável finalidade de sua decisão. Havia vacilado muito antes de dar aquele passo, porque o *zhong-yi* era seu protetor, seu pai, seu irmão, seu melhor amigo, sua única família naquela terra estranha. Temia perder tudo ao transformar-se em sua amante; mas já estava no umbral, e a ânsia de tocá-lo pôde mais do que as sutilezas da razão. Entrou no quarto e, à luz de uma vela que queimava sobre a mesa, viu-o sentado na cama, com as pernas cruzadas, vestindo túnica e calças brancas de algodão, esperando-a. Eliza não chegou a se perguntar quantas noites ele teria atravessado daquela maneira, atento ao ruído de seus passos no corredor, pois estava aturdida pela própria audácia, trêmula de timidez e antecipação. Tao Chi'en não lhe deu tempo de retroceder. Foi ao seu encontro, abriu os braços, e ela avançou cega até estilhaçar-se no choque contra seu peito, no qual afundou o rosto, aspirando o cheiro tão conhecido daquele homem, um aroma salino de água do mar, agarrando-se, com as duas mãos, à túnica de Tao, porque seus joelhos fraquejavam, enquanto um rio de explicações brotava-lhe irrepresável dos lábios e se misturava com as palavras de amor que ele murmurava em chinês. Sentia os braços que a levantavam do chão e a depunham suavemente na cama, sentiu o hálito tíbio em seu pescoço e as mãos que a dominavam; então uma irreprimível angústia a possuiu, e ela começou a tremer, arrependida e assustada.

Desde que sua esposa morrera em Hong Kong, Tao Chi'en tinha buscado consolo, de vez em quando, nos esperados abraços de mulheres pagas. Havia mais de seis anos que não fazia amor amando, mas não permitiu que a pressa o precipitasse. Tantas vezes seu pensamento havia percorrido o corpo de Eliza, tão bem a conhecia, que agora era como andar munido de um mapa pela sucessão de seus vales suaves e suas pequenas colinas. Ela acreditava ter conhecido o amor nos braços de seu primeiro amante, mas a intimidade com Tao Chi'en tornou evidente o tamanho de sua ignorância. A paixão que a transtornara aos dezesseis anos, e pela qual havia atravessado metade do mundo e arriscado a vida várias vezes, não tinha passado de miragem, de algo que agora lhe parecia absurdo; naquela ocasião havia se enamorado do amor, conformando-se com as migalhas que lhe eram oferecidas por um homem mais interessado em ir do que ficar com ela. Procurou-o durante quatro anos, convencida de que o jovem idealista que conhecera no Chile havia se transformado, na Califórnia, em um bandido fantástico, sob o nome de Joaquín Murieta. Durante todo aquele tempo Tao Chi'en havia esperado por ela com sua calma proverbial, convencido de que cedo ou tarde ela cruzaria o umbral que os separava. Coube a ele acompanhá-la quando exibiram a cabeça de Joaquín Murieta, para diversão de americanos e escárnio de latinos. Pensou que Eliza não resistiria à visão daquele repulsivo troféu, porém ela se plantou diante do frasco em que descansava o suposto criminoso e o olhou impassível, como se aquilo não passasse de um repolho em conserva, até adquirir a certeza de que não era aquele o homem a quem havia procurado durante anos. De fato, pouco lhe importava agora sua identidade, pois, no decorrer da longa viagem em que havia seguido a pista de um romance impossível, Eliza tinha adquirido algo tão precioso quanto o amor: a liberdade. "Agora estou livre", foi tudo que disse diante daquela cabeça. Tao Chi'en compreendeu que finalmente ela havia rompido as amarras com o antigo amante, que pouco lhe importava saber se ainda vivia ou se morrera procurando ouro nas encostas da Serra Nevada; em qualquer dos casos deixaria de procurá-lo, e, se algum dia ele aparecesse, então ela já seria capaz de vê-lo em sua verdadeira dimensão. Tao Chi'en tomou-a pela mão e se afastaram daquela sinistra exposição. Lá fora respiraram ar fresco e se puseram a caminhar em paz, dispostos a começar uma nova etapa em suas vidas.

Na noite em que Eliza entrou no quarto de Tao Chi'en, tudo foi muito diferente dos abraços clandestinos e apressados que havia trocado com seu primeiro amante no Chile. Naquela noite descobriu algumas das múltiplas possibilidades do prazer e se iniciou na profundidade de um amor que seria o único para o resto de sua vida. Com toda a calma, Tao Chi'en foi aos poucos libertando-a das lembranças inúteis e das camadas de terror acumuladas, foi acariciando-a com infatigável perseverança, até que ela deixou de tremer e abriu os olhos, até que se sentiu relaxada pelo toque dos seus dedos sábios, até que ele a sentiu ondular, abrir-se, iluminar-se; ouviu-a gemer, chamá-lo, suplicar-lhe; viu-a rendida e úmida, disposta a entregar-se e recebê-lo em plenitude; até que nenhum dos dois soube mais onde estavam, quem eram, onde terminava ele e começava ela. Tao Chi'en levou-a para além do orgasmo, para uma dimensão misteriosa onde o amor e a morte se assemelhavam. Sentiram que seus espíritos se expandiam, que os desejos e a memória haviam desaparecido, que se abandonavam em uma só e imensa claridade. Abraçaram-se nesse extraordinário espaço, reconhecendo-se, porque talvez houvessem estado juntos em vidas anteriores e voltariam a estar muitas vezes em vidas futuras, como sugeriu Tao Chi'en. Eram amantes eternos, buscar-se e encontrar-se uma vez e outra vez era seu karma, disse ele emocionado; mas Eliza replicou, rindo, que não devia se tratar de nada tão solene como o karma, mas do simples desejo de fornicar, coisa que, para dizer a verdade, já havia alguns anos morria de vontade de fazer com ele, esperando que, depois daquele momento, Tao não perdesse o entusiasmo, pois aquela seria a prioridade de sua vida. Brincaram alegremente durante aquela noite e boa parte do dia seguinte, até que a fome e a sede os obrigaram a sair do quarto, ébrios e felizes, sem separar as mãos, com medo de despertarem repentinamente e descobrirem que tinham andado perdidos no meio de uma alucinação.

A paixão que os unia a partir daquela noite, e que alimentavam com extraordinário cuidado, seria seu sustentáculo e sua proteção nos inevitáveis momentos de adversidade. Com o tempo, aquela paixão foi se acomodando na ternura e no riso, e deixaram de explorar as duzentas e vinte e duas maneiras de fazer amor, pois com três ou quatro tinham o suficiente e já não era necessário que mutuamente se surpreendessem. Quanto mais se conheciam, maior era a simpatia a dividir.

(De *Retrato em sépia*)

Ana e Roberto Blaum envelheceram juntos, tão unidos que, com os anos, chegaram a parecer irmãos; ambos tinham a mesma expressão de surpresa benevolente, rugas, gestos de mãos, inclinação de ombros iguais; os dois estavam marcados por costumes e anseios semelhantes. Tinham compartilhado cada dia durante a maior parte de suas vidas e, de tanto andar de mãos dadas e de dormir abraçados, podiam combinar para se encontrar no mesmo sonho. Nunca se tinham separado desde que se haviam conhecido, meio século atrás. Nessa época Roberto estudava medicina e já tinha a paixão que determinou a sua existência de lavar o mundo e redimir o próximo, e Ana era uma dessas jovens virginais, capazes de embelezar tudo com sua candura. Descobriram-se por intermédio da música. Ela era violinista de uma orquestra de câmara, e ele, que vinha de uma família de virtuosos e gostava de tocar piano, não perdia um concerto. Distinguiu no palco aquela jovem vestida de veludo preto e gola de rendas que tocava seu instrumento com os olhos fechados e apaixonou-se por ela a distância. Passaram meses antes que se atrevesse a lhe falar, e, quando o fez, bastaram quatro frases para que ambos compreendessem que estavam destinados a um vínculo perfeito. A guerra surpreendeu-os antes que pudessem casar, e, como milhares de judeus alucinados pelo horror das perseguições, tiveram de fugir da Europa. Embarcaram num porto da Holanda, sem mais bagagem do que a roupa que vestiam, alguns livros de Roberto e o violino de Ana. O navio andou dois anos à deriva, sem poder atracar em nenhum cais, porque as nações do hemisfério não quiseram aceitar seu carregamento de refugiados. Depois de dar voltas por vários mares, arribou às costas do Caribe. Já tinha o casco como uma couve-flor de conchas de líquenes, a umidade remanescia no seu interior em gotejar persistente, as máquinas haviam ficado verdes e todos os tripulantes e passageiros — menos Ana e Roberto, defendidos da falta de esperança pela ilusão do amor — haviam envelhecido duzentos anos. O capitão, resignado com a ideia de continuar a deambular eternamente, lançou o ferro de sua carcaça de transatlântico num recanto da baía, em frente a uma praia de areias fosforescentes e esbeltas palmeiras coroadas de plumas, para que os marinheiros à noite fossem buscar água doce para os depósitos. Mas eles nunca mais voltaram. Ao amanhecer do dia seguinte foi impossível pôr as máquinas em funcionamento, corroídas pelo esforço de se moverem com uma mistura de água salgada e pólvora, à falta de melhores combustíveis. Na metade da manhã chegaram, numa lancha, as autoridades do porto mais próximo, um punhado de mulatos alegres de uniforme desabotoado e com a maior boa vontade, mas que, de acordo com o regulamento, solicitavam que o navio saísse de suas águas territoriais; ao saber, entretanto, a triste sorte dos navegantes e o deplorável estado do navio, sugeriram ao capitão que ficasse alguns dias ali, tomando sol, para ver se, ficando à vontade, os problemas se resolveriam por si, como acontece quase sempre. Durante a noite todos os habitantes daquele navio desditoso desceram nos botes, pisaram as areias quentes daquele país, cujo nome mal sabiam pronunciar, e perderam-se terra adentro na voluptuosa vegetação, dispostos a fazer a barba, tirar os trapos bolorentos e afastar os ventos oceânicos que lhes tinham curtido a alma.

Assim começaram Ana e Roberto Blaum os seus destinos de emigrantes, primeiro trabalhando como operários para sobreviver, e, mais tarde, quando já tinham aprendido as regras daquela sociedade versátil, lançaram raízes, e ele pôde acabar os estudos de medicina interrompidos pela guerra. Alimentavam-se de banana e café, moravam em humilde pensão, num quarto de dimensões escassas, com a janela voltada para um lampião da rua. À noite, Roberto aproveitava essa luz para estudar, e Ana, para costurar. Ao terminar o trabalho, ele se sentava para olhar as estrelas sobre os telhados vizinhos, e ela tocava antigas melodias no seu violino, costume que conservaram como forma de encerrar o dia. Anos depois, quando o nome de Blaum ficou célebre, esses tempos de pobreza eram mencionados como referência romântica nos prólogos dos livros ou nas entrevistas dos jornais. A sorte mudou para eles, mas mantiveram a atitude de extrema modéstia, porque não conseguiram apagar as sequelas dos sofrimentos passados nem se podiam livrar da sensação de carência própria do exílio. Eram os dois da mesma estatura, de pupilas claras e ossos fortes. Roberto tinha aparência de sábio, uma cabeleira em desordem coroando-lhe as orelhas, usava lentes grossas com aros redondos de tartaruga, vestia sempre terno cinzento, que substituía por outro igual quando Ana se recusava a continuar cerzindo os punhos, e apoiava-se em um bastão de bambu que um amigo lhe trouxera da Índia. Era um homem de poucas palavras, preciso no falar, como em todo o resto, mas com delicado senso de humor que suavizava o peso de seus conhecimentos. Seus alunos haveriam de recordá-lo como o mais bondoso dos professores. Ana tinha temperamento alegre e confiante, era incapaz de imaginar a maldade dos outros e, por isso, estava imune. Roberto reconhecia que a mulher era dotada de admirável senso prático e, desde o princípio, delegou a ela as decisões importantes e a administração do dinheiro. Ana cuidava do marido com carinho de mãe, cortava-lhe o cabelo e as unhas, vigiava-lhe a saúde, a comida e o sono, estando sempre ao alcance de seu chamamento. A companhia um do outro era para eles tão indispensável, que Ana renunciou à vocação musical, porque isso a teria obrigado a viajar com frequência, e só tocava o violino na intimidade da casa. Acostumou-se a ir à noite, com Roberto, ao necrotério ou à biblioteca da Universidade, onde ele ficava pesquisando durante longas horas. Ambos gostavam da solidão e do silêncio dos edifícios fechados.

Depois regressavam, caminhando pelas ruas vazias até o bairro de pobres, onde ficava sua casa. Com o crescimento descontrolado da cidade, esse bairro tornou-se um ninho de traficantes, prostitutas e ladrões, onde nem os carros da polícia se atreviam a circular depois do pôr do sol, mas eles o atravessavam de madrugada sem ser molestados. Todo mundo os conhecia. Não havia doença nem problema que não fossem discutidos com Roberto, e nenhum menino crescera ali sem provar os biscoitos de Ana. Alguém se encarregava de explicar aos estranhos que, por questão de princípio, os velhos eram intocáveis. Acrescentavam que os Blaum constituíam um orgulho para a Nação, que o Presidente em pessoa havia condecorado Roberto e que eram tão respeitáveis, que nem mesmo a Guarda os incomodava quando entrava na vizinhança com as armas de guerra para vasculhar as casas uma a uma.

(De "Vida Interminável", *Contos de Eva Luna*)

Pela meia-noite, quando faltava pouco para as velas se consumirem, tiramos a roupa e mergulhamos na água quente da jacuzzi. Willie já não é o mesmo que me atraiu à primeira vista anos antes. Ainda irradia força e seu sorriso não mudou, mas é um homem sofrido, com a pele muito branca, a cabeça raspada para disfarçar a calvície, o azul dos olhos mais pálido. E eu levo no rosto as marcas dos lutos e perdas do passado, encolhi uma polegada, e o corpo que repousava na água é o de uma mulher madura que nunca foi uma beldade. Mas nenhum de nós julga ou comparava, nem mesmo lembra como éramos na juventude: alcançamos esse estado de perfeita invisibilidade que dá a convivência. Dormimos juntos durante tanto tempo, que já não temos capacidade para nos ver. Como os cegos, nos tocamos, nos cheiramos, percebemos a presença do outro como se sente o ar.

Willie me disse que eu era sua alma, que havia me esperado e procurado durante os primeiros cinquenta anos de sua vida, certo de que antes de morrer me encontraria.

Não é homem de esbanjar frases bonitas, é rude e detesta sentimentalismos, por isso cada palavra sua, medida, pensada, me caiu em cima como pingos de chuva. Compreendi que ele também havia entrado nessa zona misteriosa da mais secreta entrega, ele também havia se desprendido da armadura e, como eu, se abria. Num fio de voz, porque meu peito havia se apertado, eu disse a ele que também eu, sem saber, o havia procurado às cegas.

Descrevi em meus romances o amor romântico, esse que dá tudo, sem escamotear nada, porque sempre soube que existia, embora talvez nunca estivesse a meu alcance. O único vislumbre dessa entrega sem restrições eu a tive com você e com teu irmão, quando eram muito pequenos; somente com vocês senti que éramos um só espírito, apenas em corpos separados.

Agora também o sinto com Willie. Amei outros homens, como você sabe, mas, mesmo nas paixões irracionais, cuidei da retaguarda. Desde que era uma menina, decidi velar por mim mesma. Naquelas brincadeiras no porão da casa de meus avós, onde me criei, nunca fui a donzela resgatada pelo príncipe, mas a amazona que se batia com o dragão para salvar uma aldeia. Mas agora, disse a Willie, só queria apoiar a cabeça em seu ombro e lhe pedir que me protegesse, como se supõe que os homens fazem com as mulheres quando as amam.

— Por acaso não cuido de você? — perguntou, intrigado.

— Sim, Willie, você dá um jeito nas coisas práticas, mas me refiro a algo mais romântico. Não sei exatamente o que é.

Imagino que quero ser a donzela do conto e que você seja o príncipe que me salva. Já cansei de matar dragões.

— Sou o príncipe faz quase vinte anos, mas você nem se dá conta, donzela.

— Quando nos conhecemos, combinamos que eu me arranjaria sozinha.

— Combinamos isso?

— Não com essas palavras, mas ficou entendido: seríamos companheiros. Isso de companheiros agora me soa a guerrilha. Gostaria de provar o gostinho que se sente ao ser uma esposa frágil, para variar.

— Ahã! A escandinava do salão de dança tinha razão: o homem guia — riu.

Respondi com uma palmada em seu peito, ele me empurrou e acabamos embaixo da água. Willie me conhece mais do que eu mesma e mesmo assim me ama. Temos um ao outro, é para se festejar.

— Que coisa! — exclamou ao emergir. — Eu esperando você no meu canto, impaciente porque não vinha, e você esperando que eu a tirasse pra dançar. Tanta terapia pra isso?

— Sem terapia nunca teria admitido este desejo de que você me ampare e proteja. Que cafonice! Pensa bem, Willie, isso contradiz uma vida de feminismo.

— Não tem nada a ver com isso. Precisamos de mais intimidade, quietude, tempo para nós, sozinhos. Há confusão demais em nossas vidas. Venha comigo a um lugar de sossego — sussurrou Willie, me atraindo.

— Um lugar de sossego... gosto disso.

Com o nariz em seu pescoço, agradeci a sorte de ter tropeçado por acaso com o amor e que tantos anos mais tarde ele preservasse intacto o seu brilho. Abraçados, leves na água quente, banhados pela luz cor de âmbar das velas, senti que me fundia nesse homem com quem havia andado por longo e abrupto caminho, tropeçando, caindo, levantando de novo, entre brigas e reconciliações, mas sem nos trairmos jamais. A soma dos dias, das tristezas e alegrias compartilhadas já eram nosso destino.

(De *A soma dos dias*)

Este livro foi composto na tipografia
Joanna MT Std, em corpo 12/18, e impresso em
papel off-white no Sistema Digital Instant Duplex
da Divisão Gráfica da Distribuidora Record.